こぎつね、わらわら
稲荷神のゆけむり飯

松幸かほ

SKYHIGH文庫

おしながき

登場人物紹介
illustration テクノサマタ
加《か》ノ《の》原《はら》 秀尚《ひでひさ》
剛秀《ごうしゅう》
常盤木《ときわぎ》
夏藤《なつふじ》
濱旭《はまあさひ》

景仙《けいぜん》
時雨《しぐれ》
冬雪《とうせつ》
暁闇《あけやみ》
陽炎《かぎろい》
萌黄《もえぎ》
豊峯《とよみね》
殊尋《ことひろ》
浅葱《あさぎ》
寿々《すず》
稀永《まれなが》

加《か》ノ《の》原《はら》 秀《ひで》尚《ひさ》	食事処「加ノ屋」の料理人。 26歳。まっすぐな性格で情に厚い。
浅葱《あさぎ》&萌黄《もえぎ》	双子の狐。浅葱は活発、萌黄はおとなしい系。 どちらも頑固。
豊峯《とよみね》　殊尋《ことひろ》　稀永《まれなが》	ちみっこ狐。 みんな仲良し。
寿々《すず》	今日も可愛い赤ちゃん狐。 ちょっとだけ大きくなりました。
陽炎《かぎろい》　冬雪《とうせつ》　時雨《しぐれ》 景仙《けいぜん》　濱旭《はまあさひ》　暁闇《あけやみ》	大人稲荷。基本面倒見がよい。 とにかく面白いことが好きで、 景仙以外は放っておくと何をするかわからない。
常磐木《ときわぎ》	移動店舗『懐《なつ》かし屋《や》』店主。 幼い頃の大人稲荷達の面倒を見たこともある。
夏藤《なつふじ》	「萌芽の館」に新しくやってきた大人稲荷。 繊細なワケアリ美青年。
剛秀《ごうしゅう》	「稲荷湯」の番台稲荷。 ワイルドなお兄さん。確実に陽キャ。

こぎつね、わらわら

稲荷《いなり》神《がみ》のゆけむり飯《めし》

Inarigami no
yukemuri meshi

湯けむりの向こうに麗しく見える、日本一《にほんいち》の山、富士《ふじ》。

そして、

「おおきい！」

「やかたのおふろよりおおきい！」

反響する明るい子供たちの声。

「こらこら、走るんじゃない。転んだら怪我《けが》をするぞ」

窘《たしな》める大人の声に、走り出そうとしていた子供たちは、ハッとして足を止める。

だが、子供たちの頭にあるふわふわの獣耳とお尻から出ている豊かな尻尾《しっぽ》は、好奇心の表れでぴるぴると震え、ふるんふるんと左右に振れている。

「じゃぐち、いっぱいです」

「かがみもすごくおおきい！」

「おふろでおよげそう！」

「泳げそうでも泳ぐなよー。ここはプールじゃないからな」

窘める引率《いんそつ》してきた大人の声に、

「ぷーる？」

「ぷーるってなんですか？」

子供がそもそもな問いをする。

その様子に、大きな湯船に浸《つ》かっている大人たちが、

「おや可愛い」

「仔狐《こぎつね》の館《やかた》の者であろうか？」

と話しているが、その大人たちの頭にも立派な獣耳があった。


——ここは銭湯、『稲荷湯《いなりゆ》』である。

一

京都《きょうと》のとある山の、ふもとよりはやや上、中腹よりはやや下という説明しづらい微妙な場所に、食事処「加ノ屋《かのや》」はある。

「ごちそうさまでしたー」

「ありがとうございました！」

午後二時過ぎ、ランチタイムの最後の客が店を後にし、店には一人でこの店を切り盛りする加ノ原秀尚《かのはらひでひさ》だけになった。

客がいたテーブルに向かい、食べ終えられた食器を片づけて奥の厨房《ちゅうぼう》に戻る。

流しに食器を置くと、秀尚は冷蔵庫を開けた。

「さーて、俺の昼飯、昼飯、と……。まだまだ暑いからさっぱりめで、でもたんぱく質もとりたいから…」

独り言を言いながら秀尚は納豆を一パック、そしてレモン果汁の瓶《びん》とつけ麺《めん》用の自家製だしを取り出す。

次に野菜室から長ねぎと大葉を取り出して、最後に冷凍庫から冷凍うどんを出す。

湯《ゆ》でうどんを解凍する間に、長ねぎから白髪《しらが》ねぎを作り、大葉もくるくると丸めて千切りにする。

納豆をパックの中でしっかり掻き混ぜ終える頃、うどんが茹《ゆ》で上がり、それをしっかり冷水で締《し》めて器に盛り、納豆、白髪ねぎ、大葉を盛ってつけ麺用のだしを回しかけ、最後にさっぱり感を求めてレモン果汁を少し振りかける。

この夏、秀尚がハマっている適当冷やし麺シリーズである。

「いただきまーす」

厨房の配膳台の前にイスを出し、きちんと手を合わせて食べ始める。

「あー、やっぱレモン汁入ると爽《さわ》やか……」

八月下旬。

殺意の湧《わ》くような盆地の夏の暑さからは、ほんのちょっぴり逃《のが》れつつあるとはいえ、まだまだ誤差の範囲内だ。

それでも、山の中にある加ノ屋はマシなほうだ……と思いたい秀尚である。

さて順調に食べ終える頃、店に新たな客がやってきた。

ランチタイムは終わっているので、やってくるのは基本的に飲み物だけか、そこにプラス軽食程度の客である。

大学生くらいの三人組の女子で、全員がデザートセット——デザート代金に飲み物代二百円を足した値段で提供している——の注文だった。

「デザートセットが三つ、プリン・ア・ラ・モード、季節のパフェ、和風パフェ、以上の三つ、飲み物はアイスコーヒーが一つ、アイスティーストレートが二つ、以上で間違いありませんか？」

注文を確認すると、はーい、と返事があり、少々お待ちください、と返してから秀尚は厨房に入る。

そして、胸の内で「助かった……」と呟《つぶや》く。

夏の厨房は、クーラーを入れていても暑いものだ。それはこの仕事をしていれば当然のことで割り切っているが、冷たいものばかりの注文で火を使わなくてすむのは、やはり助かる。

もちろん、この後、明日の仕込みなどで火を使うわけだが、それでも少し嬉しいのだ。

手早くデザートセットを作り、順に運んでいく。

先にプリン・ア・ラ・モードと季節のパフェを運び、次に和風パフェと飲み物を持っていくと、三人は先に運んだプリン・ア・ラ・モードと季節のパフェの写真を撮っていた。

それらと一緒に並べられているのは、加ノ屋で販売しているメニューイラストの絵ハガキである。

「めっちゃ、このイラストどおりですねぇ」

プリン・ア・ラ・モードと絵ハガキを一緒に撮影している女子が秀尚に言う。

「むしろ、イラストのほうがおいしそうに見えませんか？」

秀尚が言うと、女子は、

「そんなことないです。ていうか、店の商品と見本がいい意味じゃないほうで違うってこともわりとあるのに、本当に見本のままで感動してます」

と言い、他の女子も頷《うなず》く。

「この絵ハガキ持ってるってことは、以前もここに来てくださったんですか？」

加ノ屋は通いやすい場所にあるとは言いづらい店だ。

車があれば大丈夫だが、そうでなければ少しつらい。

公共交通機関で来ることができるのはふもとにある「参道口《さんどうぐち》」というバス停までで、そこからは徒歩になる。

そして車で来ることができるのはこの店あたりまで。

参拝客はここからは徒歩で神社まで向かうことになる。

もともとこの店は、山頂近くにある神社への参拝客をターゲットにして作られていた、老夫婦の営《いとな》む食堂だった。

車で参拝する客は店の前の敷地に車を停めるしかなく、その時の名残《なごり》で店の周囲の駐車スペースはかなり広い。

店の前に車を停めた大半の客は、駐車料金のつもりも兼ねてこの店で食事をしていったのだと老夫婦は以前話していた。

だが神社の神主《かんぬし》が亡くなり、今は参拝客の多くなる祭礼の日や休日に、系列の神社から神主が派遣されてくるだけになっている。

もともと平日の参拝客は多くはなかったが、神主不在ということで休日でも参拝客が減り、老夫婦も年齢的な問題で店を閉める決意をしていた。

秀尚は偶然その頃にこの店と出会い、老夫婦から店を譲《ゆず》り受け、ここで加ノ屋を始めたのだ。

老夫婦時代のうどんとそばの味を守りながら。

ここまで聞けば美談《びだん》だろうが、それだけではない理由も秀尚にはある。

秀尚は、もともと京都市内のホテルのメインダイニングで料理人として働いていた。しかしそこで職場トラブルに見舞われ——紆余曲折《うよきょくせつ》あって、ここを継《つ》いだのだ。

もちろん不便な場所ゆえの集客など、不安要素は少なからずあったが、一人で切り盛りしていけるだけの客がいればいいと割り切って始めた。

今は、とある契約のもと「一人で切り盛りしていける客数ながら、いい感じの繁盛《はんじょう》具合」である。

「この絵ハガキはお姉ちゃんからお土産《みやげ》にってもろたんです。お店もめっちゃええ感じやから行ったほうがええよって」

　絵ハガキを持っていた女子が笑顔で教えてくれる。

「この二つの絵ハガキもあったりします？」

　季節のパフェを頼んだ客が自分の商品と、もう一つ和風パフェを指差し、秀尚に聞いた。

「あー、多分あると思います」

「レジ横の棚、見せてもうたんですけど、置いてなくて」

「そうなんですね。ちょっと待ってください」

　秀尚はレジに向かうと下の引き出しを開け、その二商品のラベルの仕切りの場所を確認する。

　五枚ずつ残っていたので、全部取り出し、一枚ずつを手に持って客席に戻る。

「どうぞ」

「お会計の時に一緒の支払いでもいいですか？」

「もちろんです」

　秀尚が言うと、二人は早速、絵ハガキと商品を写真に収める。

　この絵ハガキのイラストは、店に時々ふらりとやってくる、食品に関してのイラストなら神レベルの元餓鬼《がき》・結《ゆい》が手がけるものだ。

そう、元餓鬼。つまり妖怪《ようかい》である。なお、今は何なのかよく分からない。

きっちり成仏《じょうぶつ》したはずなのに、餓鬼時代に秀尚が『脱《だつ》・餓鬼』の可能性を求めていろいろとご飯を食べさせた結果、しっかり餌《え》づけしてしまったかたちになり、今でも時々ふらりとやってきては、何かしら食べて帰る。

その結の描く食品のイラストを店のメニューに使ったところ好評で、さらに絵ハガキにしてお試しで販売し始めたところ、結構売れた。

ちなみに、食品以外のイラストを描かせると、たとえば人物などは、棒《ぼう》と丸で構成された、かろうじて人か？　と分かるレベルという不思議さだ。

とりあえず、その売り上げは絵ハガキの製作コストなどを引いて「結貯金」として秀尚がちゃんと管理しており、結が食べたものの料金はそこから引いている。

ついでに言えば、結が店に来ると「飲み物だけ」のつもりで来た客も、元餓鬼の威力《いりょく》で、何か食べたいなという気持ちになり、追加で軽食を注文してくれることが増えるので、秀尚にしてみれば福の神といったところである。

しかし、不便な立地にもかかわらず繁盛しているのは何も結の力だけではない。

実は秀尚は、お稲荷様と契約をしている。

職場トラブルに見舞われ、数日の休暇をもらった秀尚は神社仏閣巡り――縁切り神社を含《ふく》む――をした。

この山の頂上近くにある神社にもその一つとして行くつもりでいたのだが、秀尚はその途中で道を間違え、遭難《そうなん》してしまったのだ。

その時に何が起きたのか、目が覚めたら、「あわい」と呼ばれる、人の世界と神の世界の狭間《はざま》にある不思議な場所にいた。

そこで秀尚は人界に戻るまでの間、稲荷神《いなりがみ》の候補生である仔狐たちの食事作りを担い、その時の縁で、今も彼らの毎日の食事を提供する代わりに「いい感じの繁盛具合」の加護をもらっているのだ。

しかし、秀尚がその加護をいいことに堕落《だらく》すれば、彼らはすぐに手を引くだろう。

対価がふさわしくなければ当然のことである。

だからこそ秀尚は、今もよりおいしいものを作るようにいろいろ試行錯誤《しこうさくご》をしている。

客たちが食べ始めると秀尚は厨房に戻った。

すると、配膳台の上に一枚のメモが届いていた。

あわいの地にある仔狐たちを養育する萌芽《ほうが》の館《やかた》で彼らの世話をしている養育狐の薄緋《うすあけ》という稲荷からだった。

「えーっと、明日から一人分追加をお願いいたします、か……子供増えんのかな?」

一人分が増える程度なら大して問題はない。

秀尚はすぐに返事を書くと、薄緋から預かっている送り紐《ひも》という紐でそのメモを囲う。

この紐で囲った中のものは紐の持ち主が指定した場所に届くという不思議アイテムで、ほどなくしてメモもふっと消えた。

「さーて、今夜の夕食は何にしようかなー」

店の客の様子を窺いつつ、秀尚は萌芽の館に送る夕食の準備を始めた。

あわいの地には季節がない。

いや、ないわけではないのだが、昨今の人界の猛暑も極寒も無縁の緩《ゆる》やかな気温変化がある程度で、基本的に季節に関係なく真冬の花も真夏の花も一緒に咲き乱れ、植えた作物は促成栽培もびっくりの速さで『植えた苗は早ければ二、三日で実《みの》ります』くらいの勢いの土地である。

そのため、子供たちは夏バテとは無縁――元々子供は夏バテなどしないかもしれないが――なので、しっかりとした定食スタイルの食事を作る。

今日のメインはハンバーグだ。ソースに使うトマトや、サラダと具だくさんコンソメスープに使う様々な野菜は、基本的にあわいの地で子供たちが育てて収穫して送ってくれるものを使う。

彼らの食事を提供する代わりに店のいい感じの繁盛を約束してもらっているので、食材は秀尚の持ち出しになるのだが、こうして野菜を送ってもらえるので金銭的な負担はそう大きくない。

夕食の準備の途中で先程の三人の客が帰り——帰り際に、さらに絵ハガキを追加で買ってくれた——その後、二組ほど飲み物だけの客が来て、この日は閉店になった。

その頃には子供たちの夕食も大体作り終えていたので、最後の仕上げだけして、送り紐で館に届ける。

そして子供たちに作ったものの残りで軽めの夕食をすませると、翌日の仕込みとこの後の居酒屋の準備だ。

居酒屋といっても、店として営んでいるわけではない。

やってくる客がそもそも人ではなく、お稲荷様だ。

これも商売繁盛の契約の一つなのである。

もっとも、酒は各自持ち込んでもらい、秀尚が作るのは料理だけだ。

ちょこちょこ休憩しつつ料理をしていると、バラバラと常連の稲荷たちが店の扉からやってきた。

この時間、店の扉は施錠ずみなのだが稲荷たちはその扉と自分たちのいる空間を術でリンクさせている。

もっとも扉を使わず、いきなり店内にやってきたり帰ったりすることもできるのだが、術でリンクさせているなら使ったほうが楽らしい。

「ちょっと早いがかまわないか？」

そう言って厨房に顔を見せたのは陽炎《かぎろい》という稲荷で、彼に続いてもう一人、景仙《けいぜん》という稲荷がやってきた。

クリーム色の髪と同色の獣耳、そして尻尾を持つ陽炎は繊細《せんさい》な王子様系の見た目のイケメンで、景仙は焦げ茶の髪と獣耳と尻尾の、優しげで頼りがいのありそうな「結婚したらいい家庭を築《きず》きそう」アンケートでもすれば上位に入ること間違いなしのイケメンである。

なお、景仙のほうが年上に見えるが実際には陽炎のほうが年上で、そして景仙は秀尚の脳内妄想アンケート上位の予想にたがわず既婚者である。

もっとも、見た目が青年でしかないのに、実年齢が平気で二百歳を超えてくる彼らの年上・年下は正直誤差の範囲内じゃないかと、秀尚は最近思っている。

「いらっしゃいませ、どうぞ」

秀尚は笑顔で迎え、準備してある突き出しを冷蔵庫から取り出し、陽炎と景仙は配膳台の周囲に積んであるイスを、これから来るであろう人数分を適当に置いて腰を下ろす。

「景仙殿、まずはビールでいいか？」

陽炎は勝手知ったる様子で冷蔵庫を開けながら問う。

「はい、お願いします」

その間に景仙はグラスの準備をしている。

「冬雪《とうせつ》さんは、今日は夜勤ですか？」

取り分けてもらうシーフードサラダを置きながら秀尚は問う。

「いや、二十分くらいしたら来るだろう。日誌を本宮《ほんぐう》に持っていってくれてる」

陽炎は言いながら注《そそ》いだビールを一気に飲み干し、

「っあー、生き返る……」

王子様な見た目を裏切る豪快《ごうかい》な声で言ってから、今日の突き出しである叩《たた》ききゅうりの梅おかか和《あ》えを口にする。

「梅の酸味と鰹節《かつおぶし》のコクがたまらんな……」

「本当ですね。これなら冷酒もいけますね」

景仙が頷きつつ言う。

それからしばらくすると、

「やっほー、来たわよー」

明るい声で新たな稲荷がやってきた。人界で任務に就《つ》いている時雨《しぐれ》である。

泣きボクロがチャームポイントで艶《つや》やかな容姿の時雨は、

「あら、陽炎殿と景仙殿がもう来てたのね！　アタシが一番乗りかと思ったのに」

口調だけなら女性かと思われがちだが、普通に男子である。ついでに言えば一八〇センチありそうな長身だったりする。

「今さっき来たところだ。ビールにするか？　ついでに今日の突き出しは冷酒も合うっていうのが景仙殿の見立てだが」

陽炎が言うのに、時雨は、

「ああん、迷っちゃうじゃない。でもいきなり冷酒？　それもアリな気もするけど」

悩ましげな声を出した。なお、そこそこ野太い。

「ちなみにビールはおまえさんに注《つ》いだら一本目が空くから、この後俺たちは冷酒にいこうと思う」

陽炎の言葉に、

「じゃあビールからもらうわ。それで、冷酒ももらっとこうかしらね」

時雨はそう言って自分専用の天満切子《てんまきりこ》のグラスと普通のグラスを取り出しておく。

「ちゃっかりしてるな、おまえさんは」

言いながらも陽炎は瓶に残っていたビールを普通のグラスに注ぐと、冷蔵庫から冷酒を取ってくる。

その間に景仙が自分たちの冷酒用のグラスを準備していた。

出されたグラスに陽炎が冷酒を注いでいく。それを見ながら時雨はまずビールを口にした。そして、

「あー…生きてるって感じするわぁ……」

しみじみといった様子で言ってから突き出しの叩ききゅうりを口にした。

「ああん、鰹節がいい感じに効いてておいしい。確かに冷酒でもやりたくなるわねぇ」

「だろう？」

同意を得たからか、陽炎は誇《ほこ》らしげな様子を見せた。

それから少しすると二人の稲荷がやってきた。

一人は本宮へ出かけていて遅くなると言っていた冬雪である。全方向に物腰が柔《やわ》らかく人当たりのいいイケメンな彼を、秀尚は前世がホストだったに違いないと思っている。

そしてもう一人は、時雨と同じく人界の任務に就いていて普通に会社員をしている濱旭《はまあさひ》だ。明るく誰とでも仲良くなれそうなフレンドリーさのある彼は、人懐《なつ》っこいイケメンである。

イケメンが飽和《ほうわ》状態な配膳台回りだが、秀尚が知る限り、稲荷たちは方向性はそれぞれ違うのだが美男美女ばかりである。

「あー！　生き返ったぁ！」

濱旭が本日の一杯目のビールを一気に飲み干し、言う。

「今日も暑かったものねぇ」

時雨がしみじみとした口調で返すと、

「もう八月も終わりだっていうのに、ちょっと太陽頑張りすぎ」

濱旭はうんざり、といった様子を見せる。

「まあ、確かにここしばらくの人界の夏はかつてない暑さだもんね」

冬雪が言いながらビールを口にする。

「もう熱帯地方になったんじゃないかって錯覚《さっかく》する時あるよー」

濱旭は言いながら、シーフードサラダをがっさりと自分の取り皿に移していく。

他のメンバーは序盤《じょばん》から酒を楽しむが、濱旭は最近食欲を満たすのが優先なのだ。

「大将《たいしょう》、ご飯に合うおかずって、何か出る？」

そう聞いてきた。

「この後すぐなら油淋鶏《ユーリンチー》とマグロの漬《づ》けを小鉢《こばち》で出すつもりですけど……さらっと食べるなら、マグロの漬けで、山かけ丼《どん》でも準備しましょうか？」

秀尚が言うと、濱旭は目を輝かせた。

「食べたい！」

「秀《ひで》ちゃん、私も漬け、山かけにして」

時雨が挙手して申告すると、他の三人も次々に挙手し、結局、全員山かけ——濱旭だけは丼《どんぶり》だが——に変更になった。

秀尚は長いもをすり下ろしながら、

「そういえば、明日から館に一人増えるみたいですよ。薄緋さんから、ご飯一人分増やしてって連絡が来てました」

と報告する。

人界任務の時雨と濱旭は別として、あわいの地の警備に当たってる陽炎、冬雪、景仙なら何か聞いているんじゃないかと思ったが、その三人も何も知らない様子で顔を見合わせた後、首を傾《かし》げた。

「また薄緋殿が忙しくなるな」

陽炎が心配するように言う。

「子供たちがちゃんと協力し合うだろうけど、今でも一人で大変だと思うんだよね」

冬雪も薄緋の負担を心配するように言った。それに時雨は頷いた。

「アタシも会社が休みで出かける予定のない日は館に行くようにしてるわ。まあ、あの子たちが可愛いから会いに行っちゃうっていうほうが近いんだけど」

「そうなんだ。俺、そういう意味じゃあんまり貢献できてないなあ」

濱旭は少し申し訳なさそうに言うが、

「アンタの業界は三百六十五日デスマーチって言われてもおかしくないんだから、休める日はしっかり休んどきなさい」

時雨は言って、濱旭の背中を軽く叩く。

「本宮から、誰かもう一人来てもらえないものなんでしょうかね？　薄緋さんだって、もともと事務職から白羽《しらは》の矢《や》を立てられて萌芽の館に来たって言ってましたし、それを考えたら特に資格がなきゃダメだって感じでもなさそうなんですけど」

秀尚は言いながらすり終えたとろろをマグロの漬けと合わせ、濱旭の分は丼によそったご飯の上に、それ以外の四人の分は小鉢に入れていく。

「いや、わりと子供相手っていうのは難しいぞ」

陽炎はそう言って、秀尚がトレイの上に載せて運んできた小鉢と丼を手際よく配りつつ続けた。

「子育ての正解ってのはないが、子供から怖がられすぎてもダメなら、舐《な》められすぎてもダメだ。そのあたりの匙《さじ》加減が難しい」

その言葉に冬雪も頷いた。

「僕なんか、ダメって強めに叱《しか》った後、心配になるんだよね……。心の傷になってないかな、とか、そんな感じで。でも、薄緋殿は結構キツイのに、ケロッとしてるっていうか」

「薄緋殿のガチ説教は俺でも怖い。もういっそ、怒鳴りつけてほしいって思うのに、淡々と道理を説《と》いて諭《さと》してくる系だからな……」

やらかし属性の陽炎は、薄緋に説教をされたことが何度かあり、しみじみとした様子で言った。それを見ながら、

「薄緋殿に本気の説教をされる大人稲荷は、陽炎殿くらいですよ」

景仙が苦笑いをしつつ、返す。

「景仙殿も言うようになったな」

どこか感心したように陽炎は返した。

秀尚が出会った当初、景仙はやはり年下であるからか、陽炎よりも一歩引いた感じに見えることが多かったが、最近はそうでもない。

「まあ、それなりにお付き合いが長くなりましたから……」

景仙自身が笑って言うそのとおりなのだろう。

「でも、そんだけ真剣に怒れるっていうのは、子供たちがどこまでならきちんと考えて自分自身で納得できるかってのを理解してるからだよねー」

濱旭は山かけ丼を食べながら言う。

「子供への信頼と、あとは薄緋殿のほうの覚悟ね。これで通じなかったら仕方がないっていう……。完璧なんてないんだもん。自分のやり方がすべて通用するわけじゃないって、いい意味での諦《あきら》めっていうのかしらね、そういうのを感じる時あるわ」

言って、時雨は冷酒を口に運んだ。

「時雨殿、萌芽の館の仕事、向いてるんじゃないのか?」

陽炎が笑いながら言う。その言葉に時雨は、

「まあ、任命されれば全力は尽くすけど……アタシの口調のうつっちゃった、拳《こぶし》で語る系の子供が量産されたらどうするのよ」

さらりと返した。見た目からは想像がつきづらいが、時雨は結構な武闘派で、過去にやらかしたこともあるらしい。それを思い出し、他の面々は「あー……」と明確に言葉にはしないものの「ちょっと無理かな」な様子を見せる。

「まあ、白狐《びゃっこ》様も薄緋殿がお一人で奮闘《ふんとう》していらっしゃることはご存じですから、これ以上増えるようなら手立てをお考えになるでしょう」

景仙がそう言うのに、

「さすがに、薄緋殿のキャパオーバーだからな」

陽炎が返し、それに全員が頷いた。

「とりあえず、明日の任務でどんな子が来たのか分かると思うから、加ノ原くんにも報告するよ」

冬雪がそう言うのに、秀尚は、あっと思い出したような声を出した。

「そうだ、急なことで悪いんですけど、明日の夜はちょっと俺、用事があって出かけるんで、居酒屋、お休みしたいんです」

それに時雨がにやりと笑った。

「夜のお出かけなんて、デート？」

「え！　大将、いつの間にそんな相手できたの？」

慌《あわ》てた様子で濱旭が聞き、他の三人も「え？」といった顔で秀尚を見る。

「だったらいいんですけど、違いますよ。ホテル時代の友達が結婚して、奥さんの実家の飲食店を継いだんで、お祝いがてら食べに行くことになったんです」

秀尚の説明に陽炎は、

「ホテル時代の、というと、店の手直しを手伝ってくれたっていう御仁《ごじん》か？」

秀尚の話によく出てくる人物を想像したらしく聞いた。

「いえ、違いますよ。陽炎さんの言ってる友達は神原《かんばら》さんっていうんですけど、その人と一緒に食べに行くんです」

ホテル時代の同僚の中には、時々店に来てくれる人が数人いる。その中でも神原は一番よく来てくれるし、ＤＩＹが趣味ということもあり、簡単な棚を作ったり、配膳台のテーブルに跳ね上げ式の天板を取りつけてくれたり、いろいろとやってくれていた。

「とりあえず、デートじゃなくてよかった」

陽炎が安堵《あんど》した様子で言う。

「大将には悪いけど、俺もすごい安心したー」

濱旭も言う。

彼らにとって、この加ノ屋閉店後の、厨房居酒屋はありがたいことに癒《いや》しの時間になっているらしく、秀尚に恋人ができてデートのためにこの時間が減ってしまったり、結婚をしてこの時間そのものがなくなってしまうことを危惧《きぐ》していた。

彼らは稲荷だ。

秀尚はすっかり慣《な》れてしまったが、一般人にとって稲荷が夜ごと飲食のために店を訪《おとず》れる、など信じられる話ではないだろうし、仮に彼らが耳と尻尾を消し、人の姿で来たとしても閉店後にやってくる彼らを喜んで迎え入れてくれるなどという都合のいい相手はなかなかいないのが現実だからだ。

「やっぱりここは、恋愛の霊験《れいげん》あらたかな神社に、加ノ原殿と俺たちにとって最良の相手を願いに行くか」

真剣な顔で陽炎は言う。

「そうだね。それも一つの手だね」

同じく真剣な顔をして冬雪も返す。

「いや、二人ともお稲荷さんなんですから…、お稲荷さんがよその神社に行くってどうなんですか?」

秀尚が突っ込むと、

「自分の恋愛祈願《きがん》に行くわけじゃないから平気だ」

と陽炎が言うのに冬雪は頷く。

「でも、ちょっとバツが悪いっていうか、微妙になる時あるよね。俺、会社の人たちと正月とか誘われてよその神社に初詣《はつもうで》に行ったりするけど、向こうの祭神《さいじん》とかにニヤニヤされる時あるよ」

濱旭が言うのに、時雨は笑った。

「あるある。まあ、向こうもこっちの事情は知ってらっしゃるし、『あ、察《さっ》し』みたいな感じだけどね」

「あー、でも明日は大将のご飯食べられないのかー……残念」

しみじみと言う濱旭に、秀尚は一瞬「残り物で明日の夕食に食べられそうなおかず、作りましょうか？」と言いそうになったが、その前に、

「仕事終わりに、気になってたコンビニの夏限定弁当買って帰ろ」

濱旭は言い、時雨は、

「アタシもファミレスの夏メニュー試しに行っちゃお。ファミレスのワインも最近おいしいのよね。デキャンタで頼んじゃおうかしら」

と、明日の夕食の予定を立てていた。

それに安心しつつ、

「じゃあ、明日お休みになりますけどよろしくお願いします」

秀尚が言うと、全員快《こころよ》く、楽しんでくるようにと返してくれて、秀尚は翌日、気持ちよく出かけることができたのだった。

◆◇◆

神原と同僚の店に出かけた翌日は加ノ屋の休業日だった。

休業日には、あわいにある萌芽の館から子供たちが遊びにやってくる。

今日も今日とて十時半前に、加ノ屋二階の居住スペースにある秀尚の部屋の押し入れの襖《ふすま》をすぱぁんっと開けて、

「かのさーん、きたよー！」

元気よく、可愛らしい子供たちが次々にやってきた。

彼らは稲荷神となる能力を秘《ひ》めた候補生の仔狐たちである。

人の姿に変化《へんげ》できるもの、できないものに分かれているが、人の姿に変化できるものでも、耳と尻尾を隠すことはできず、まだまだ子供ゆえに変化が甘く、何かの拍子《ひょうし》に手足が狐に戻ってしまうこともある。

そして変化できないものでも、人の言葉を理解するし話すので、意思の疎通は簡単だ。

「ようこそ」

秀尚は彼らを笑顔で迎え入れたが、いつも来るのと人数が変わらないのに首を傾げた。

「あれ？　新しいお友達が来たんじゃないの？」

食事を一人分増やしてほしいと頼まれて、昨日からそうしていたのだ。

だが、子供たちはみんな顔を見合わせつつ、首を傾げる。

しかし、少ししてから十重《とえ》という、女子の少ないらしい稲荷界では貴重な女の子が、思い出した様子で言った。

「あ！　なつふじさま！」

その声に、隣にいた十重と双子の二十重《はたえ》も、

「そうだ、なつふじさまだ！」

と続ける。

「なつふじさま？　大人の人が来たの？」

子供たちが「さま」をつけて呼ぶのは大人の稲荷だ。なので察しをつけて問うと、子供たちは頷いた。そして、

「うん！　うすあけさまのおてつだいしてるよ！」

浅葱《あさぎ》という子供が元気よく答える。

「「なつふじさま、つれてくるね！」」

十重と二十重は綺麗にハモった声で言うと、止める間もなく、来たばかりの押し入れの襖を開けて、萌芽の館へと帰っていく。

「そうか…、お手伝いのお稲荷さんが来たんだ……」

「はい。なつふじさまは、とてもやさしいんです」

そう答えるのは浅葱と双子の萌黄《もえぎ》である。萌黄はスリングをつけており、そこからは寿々《すず》という赤ちゃん狐が、ひょこっと顔を覗《のぞ》かせていた。

「優しい人なんだ。よかったね」

秀尚は言いながら、寿々の頭を指先で撫《な》でる。

「萌黄、すーちゃん預かるよ」

その言葉に萌黄はすんなり頷き、秀尚は萌黄からスリングごと受け取って寿々を抱っこする。

かつての萌黄はかたくなに寿々を抱く役目を人に譲ろうとはしなかった。

赤ちゃん狐の寿々だが、前はもう少し大きかった。調子がよければ人に変化《へんげ》できる時もあり、人に変化できた時の見た目年齢は三歳前後といったところだっただろうか。

しかし、ある日、あわいの地に当時は餓鬼だった結が現れ、寿々は結に妖力を吸われて赤ちゃんに戻ってしまった。その時、寿々と手を繋《つな》いでいたのが萌黄で、自分が手を離してしまったせいだと、萌黄はずっと自分を責めていた。

まるで罪滅《ほろ》ぼしのように、寿々の世話をしているところがあったのだ。

少しずつだが成長する寿々の様子に、萌黄の傷も徐々に癒されて、こうして寿々の世話を他の人にも任せられるようになった。

秀尚は抱き取った寿々をスリングから出して、いつも寿々を寝かせている座布団の上に置いてやる。

寿々は両手足で座布団を踏み踏みして座り心地のいい場所を確認すると、まずそこにちょこんと座り、それからすぐに横寝の姿勢になった。眠るわけではないが、いつでも眠れる体勢である。

やってきた子供たちは、慣れた様子で秀尚の部屋に置いてある絵本やブロックを取り出し遊び始める。

その中、秀尚は一つ心配なことがあった。

「十重ちゃんと二十重ちゃん、帰ってくるの遅くないか？」

「そういえばそうです……。きたときは、ながいはりが『ろく』のところだったのに、いまは『きゅう』のところにあります」

萌黄が時計を指さし言う。

——もしかして忙しいから無理だって言われたのを、ごり押しでなんとかしようとしてるんじゃ……。

館の子供たちは基本的に聞き分けのいいよい子ばかりなのだが、時々、何が何でも意思を通す、といったところがある。

そんな時は大概《たいがい》、騒動になるのだ。

「浅葱、萌黄」

「なに？　かのさん」

「なんですか？」

秀尚が声をかけると二人はブロックを選ぶ手を止めて秀尚を見た。

「遊び始めたところで悪いんだけど、館に行って、忙しいなら無理に来てもらわなくてもいいよって、言ってきてくれる？」

秀尚が頼むと、

「いいよ！　もえぎちゃん、いこ！」

浅葱が萌黄の手を取って立ち上がり、萌黄もすぐに立ち上がった。

そして押し入れに向かおうとした時、押し入れの襖がすっと開き、

「かのさん！　なつふじさまつれてきたよ！」

「これがなつふじさま！」

件《くだん》の人物と左右の手をそれぞれ繋いだ十重と二十重が元気に姿を見せる。

そこにいたのは、陽炎よりはやや色の濃いクリーム色の髪と耳、尻尾を持つ、線の細い稲荷だった。

濱旭よりもまだ幾分か年若く見える彼は、王子様稲荷と言って過言ではない繊細な美青

年である。

いきなり連れてこられたのがありありと分かる様子で戸惑《とまど》っている王子様稲荷に、秀尚はとりあえず正座をし直すと、

「えーっと、そのはじめまして」

挨拶《あいさつ》をする。それに王子様稲荷も慌てた様子で正座をすると、

「はじめまして、さ、昨日《さくじつ》より萌芽の館に着任いたしました、夏藤《なつふじ》と申します」

礼儀正しく名乗ってくる。それに秀尚も急いで、

「加ノ原秀尚です、縁あって萌芽の館に食事を送っています」

名乗って情報を付け足した。

「きのうのごはんもおいしかった！」

元気ににこにこ言うのは、豊峯《とよみね》という子供だ。それに他の子供たちも頷き、

「なつふじさまも、いっしょにたべたんだよ。おいしかったよね？」

浅葱がポジティブな感想を強要する。

――その聞き方は……。

秀尚は慌てて、なんとか話を変えるか、別の言い方で答えやすくしようと思ったが、それより先に夏藤が口を開いて、

「とてもおいしかったです」

大人な対応の返事をしてくる。それによかった、と秀尚は安堵した。

その秀尚に、

「かのさん、なつふじさまのおひるごはんもある？」

十重が聞いた。

「いえ、あの……」

今度は夏藤が慌てた様子を見せたが、秀尚は、

「うん、大丈夫だよ。でも、夏藤さんはお仕事の途中だったんじゃないですか？」

こちらには問題ないことを伝えつつ、夏藤の予定を伺う。

何しろ、突然戻ってきた十重と二十重に拉致《らち》されてきたも同然だ。

『かのさんがあいたいっていってるからきて！』的に連れてこられ、挨拶だけすませたら戻って仕事をするつもりだという可能性はかなり高い。

そのため、夏藤の意思を聞いておかねばと思ったのだが、夏藤が答えるより早く、

「うすあけさまは、なつふじさまは、まだきのうきたばかりだから、ゆっくりおしごとをおぼえればいいですよって。それで、きょうは、かのさんとあってきなさいって、そういってたの」

にこにこ笑顔で言った二十重は、十重を見て「ねー」と同意を求めるように言う。それに十重も同じように笑顔で「ねー」と返す。

子供らしく額面どおりに全力で受け止めるスタイルである。

もちろん、薄緋は間違いなくそう言ったのだろうと思う。

しかし、「会ってこい＝遊んでこい」ではないだろうし、「ゆっくり仕事を覚える＝のんびりしてこい」でもないいんじゃないかなと思う。

もちろん、薄緋がどういうニュアンスで言ったのかが、秀尚にはどう捉《とら》えていいのか分からないのだが、夏藤は少し困った顔をしているものの、それは「仕事があるのに」という様子ではなさそうに見えた。

というか、仕事があるならそう言ってくるだろう。

言わないということは、薄緋は急いで戻らなくていいという意味合いを含ませて、夏藤を送り出したのかもしれない。

「えーっと、ここでの子供たちのお昼ご飯は、うどんかそばって決まってるんですけど、それでいいですか？」

秀尚はとりあえず昼食の説明をする。それに夏藤が頷くのと、

「はい！　ぼくはざるうどんがいい！　てんぷらののってるやつ！」

実藤《さねふじ》という子供が元気よく主張するのはほぼ同時で、

「ぼくはてんぷらのざるそばー！」

続けて殊尋《ことひろ》という子供もリクエストし、そこからざるうどん組も派生し主張する。

暑いので冷たいものにリクエストが集中する中、

「うすあけさまは、つめたいのたべすぎたらだめって。ぼくは、あたたかいてんぷらうどんがいいです」

お腹《なか》があまり強くない萌黄が控《ひか》えめに言う。すると、同じくお腹が強くない組が「ぼくやっぱりあたたかいおそばにするー」と、ポロポロと乗り換えてきた。

それらを聞いて、

「……というわけで、てんぷらうどんかそばで温かいのか冷たいのかの組み合わせに決まりそうなんですけど、大丈夫ですか？」

秀尚は夏藤に確認する。

それに夏藤は頷き、

「すみません、私までお世話に……」

と申し訳なさそうに言ってきた。

「いえいえ、全然大丈夫です。作る手間なんてほとんど変わらないですし」

秀尚が笑顔で言うと、夏藤は少し安心したような表情を見せる。

「なつふじさま！　えほんよんで！」

話が終わったと踏んだのか、十重が夏藤の服の袂《たもと》を引っ張って言う。

「あ、はい、分かりました」

夏藤が言うのに、十重はいつの間にか選んでいた絵本を渡し、

「かのさん、ぼくもえほんよんでほしいです」

秀尚には萌黄が声をかけてきた。

「おういいぞー」

答えて、秀尚は萌黄を胡坐《あぐら》をかいた足の間に座らせてやりながら、ちらりと夏藤を見る。

夏藤の膝《ひざ》の上には十重、その夏藤にぴったりくっつくようにして二十重が座って、絵本を覗き込んでいる。

――完全に子供の勢いに飲まれてるって感じだよなぁ……。

そんなふうに思うものの、自分もあわいに行った最初の頃はそうだったなと懐《なつ》かしくなりながら、秀尚は絵本を開いた。

二

夏藤と二人で子供の世話をしていたが、十一時を少し回った頃に秀尚は昼食を作るため、階下の厨房に向かった。

「冷たいもの熱いのも、天ぷらを所望《しょもう》だからーっと……」

秀尚は天ぷらに使う具材を探し始めた。

ナス、カボチャ、玉ねぎは鉄板だろう。その他に、パプリカ、アスパラ、鶏肉を、冷凍庫からは冷凍コーンを出した。

いつもはエビの天ぷらを入れるのだが、あいにく、今日は人数分なかったので、タンパク質は鶏肉で代用することにした。

カボチャは薄切りに、アスパラは真ん中あたりで切り、穂先のあるほうだけを使う。普段は一本丸ごと使うのだが、今日は他にも天ぷらを作るので、子供たちが食べきれない可能性を考えて、半分にした。残りは夜にやってくる大人稲荷たちのおかずに使うので別に残しておく。

パプリカは食べやすい大きさに、玉ねぎはコーンと合わせてかき揚《あ》げにするので薄切りにしておく。

そしてナスは三センチ程度の輪切りにして、半分に切った後、皮のほうを上に向け、先端は繋げたままで細く切り込みを入れていき、最後に切り込みを広げて、扇形《おうぎ》にした。

鶏肉は一口大にした後、塩、酒、ゴマ油、臭《くさ》みを取るための生姜《しょうが》を少量入れたビニール袋に入れて封をし、寝かす。

その間に小麦粉と片栗粉を合わせた天ぷら粉に、溶き卵に冷水を入れたものを混ぜ、だまが残る程度にざっくり溶けば衣のでき上がりである。

あとはそれを順番に揚げていけば終わりだ。

夏の天ぷら作りはクーラーを入れていてもつらいものがあるが、慣れた仕事だし、店の営業時間はコンロがフル回転で暑さが尋常ではないため、今日のように十人そこそこの昼食なら軽いものだ。

順番に揚げていると、夏藤が階下にやってきた。

「加ノ原殿、あの、何か手伝うことはありませんか？」

そう問いながら、階段下に置いてあるつっかけを履《は》いて、厨房の秀尚に近づいてくる。

「ありがとうございます。でも大丈夫ですよ、簡単な作業ばっかりなんで」

秀尚はそう言ってから、

「俺、館にはてっきり新しい子供が来ると思ってて、子供一人分想定で送る食事を増やしただけだったんです。えっと、量的に大丈夫でした？」

やってきたのが大人稲荷だったと分かってから、気になっていたことを聞いた。

基本的に大人稲荷は食事の必要がないらしい。『気』の摂取で空腹にはならないため、食べる習慣がない稲荷もそこそこいるらしい。

薄緋も子供たちと同じ量しか食べないので「空腹」という意味ではあの量でも問題がないかもしれないが、加ノ屋閉店後の居酒屋にやってくる常連稲荷たちは酒も料理も結構な量を食べるので、夏藤はどうなんだろうかと気になった。

——いや、でもこの繊細そうな見た目から想像する範囲内だと、そこまでめちゃくちゃ食べたりはしないような……。

と想像しつつも、同じように繊細そうな外見を持ちながらも中身がかなり違う、陽炎のような稲荷もいるのでそうとも言い切れないと思う秀尚である。

しかし、夏藤は秀尚の見た目からの期待を裏切らなかった。

「量は、問題ありませんでした」

その言葉にほっとした秀尚に、夏藤は続ける。

「本当に、おいしかったです。……何かを口にして『おいしい』と思えたのは、久しぶりでした」

それは、純粋に秀尚の料理が「おいしかった」と伝えるためにしては、大袈裟《おおげさ》だったたし、何よりそう言った夏藤の表情が気になった。

本当にそう思ってくれたのは分かる表情なのに、どこか違和感があって、気になった。

だが、会って間もないし、何より夏藤も昨日、館で働き始めたところなら、いろいろ戸惑うことや不安に思うこともあるだろうし、そういうのが表情に表れたのかなと思えなくもない。

――とりあえず、俺が聞くことじゃないよな……。

気にはなれども相手は稲荷だ。

文字どおり、住む世界が違う相手に不用意に近づくことはいけない、と思う。常連稲荷たちとはそれなりに知り合って長く、一緒にいろいろなことも経験してきたので、線引きが揺《ゆ》らぐことも多いが、夏藤は違う。

秀尚はいわゆる「大人の距離感」で線引きをすることに決めた。

「口に合ったようでよかったです、ありがとうございます。過分に褒《ほ》められた感はありますけど、やっぱ、おいしいって言われるのは嬉しいです」

褒めてもらえたことへの礼を言ってから、

「子供たちに強引に連れてこられたかたちだと思うんですけど、本当に仕事、大丈夫です？　お昼ご飯の後、ちょっとしたら、おやつまで昼寝しちゃう子も多いんで、その隙《すき》にって言ったらおかしいけど、仕事に戻ってもらって大丈夫ですよ」

秀尚は抜け道を提示してみた。

「いえ、仕事は……本当に、大丈夫なのですが……」

返ってきた言葉からは、どうやら本当に大丈夫らしいのが分かったが、しかしどこか引っかかる感じがする。

それでも、不用意に近づかない、とさっき決めたばかりなので、

「まあ、いていただけるなら、それはそれで助かるんでありがたいです」

秀尚はそう言ってから、バットに上げて油をきっていたナスの天ぷらにつまようじを刺し、小皿に少し塩を入れて夏藤に差し出した。

「味見、どうぞ」

「え？　あ、すみません、いただきます」

急に差し出されたそれに戸惑いながらも夏藤はナスと小皿を受け取り、軽く塩をつけて口に運んだ。

サクッという衣の音がかすかに聞こえて、衣の加減はよさそうだな、と秀尚は思う。

「……とてもおいしい、です。衣がサクサクしていて…軽い塩だけなのに、もっと深い味がするというか……」

夏藤が少し驚いた様子で言う。

「調理法がシンプルなものは、素材の良し悪《あ》しがはっきり出ると思うんですよね。そのナスは、あわいの畑で採れたものなんですよ。大体毎日、子供たちが収穫してきたものを、送り紐で送ってくれるんです」

あわいではなんでも育つが、大人の稲荷が調理したものには『神気《しんき》』が入り込んでしまい、それを子供たちが長期に亘《わた》って摂取することは、よろしくないらしい。

なので、調理を必要とせず採ってそのまま食べられる果物類などだけを育ててもよさそうなものだが、ナスをはじめとして、大根、ニンジン、ジャガイモなど、一般的な野菜類も植えられている。

薄緋いわく「自分たちの収穫したものを食べる、というのは食育に大事ですから」らしいのだが、半分以上は秀尚があまり購入しなくてもすむようにという配慮だろうなと思っている。

なので、届けられる野菜は子供たちのご飯に使い、余った分は夜にやってくる大人稲荷たちのために、それでも余れば店に出す野菜にも回させてもらっている。

「あわいの畑の……」

「畑に行かれたこと、あります？」

「いえ、まだ……。昨日は館内のことを覚えていて、今朝は薄緋殿が子供たちを率《ひき》いて向かわれましたので」

「そうなんですね。あわいの畑は失敗知らずでなんでも早く育つから、俺がしばらく世話になってた時は楽しくて仕方なかったです」

そんなことを話していると、

「なつふじさま、どこー？」

「おといれかも？」

二階から夏藤を探す子供の声が聞こえてきた。

「探してますね。準備ができたら呼びますから、そうしたら子供たちを連れて下りてきてもらえますか？」

秀尚が言うと夏藤は頷いて、二階へと戻っていった。

――うーん……やっぱ気になるよなぁ…。

不用意に近づかない、と決めたものの、気になるのはどうしようもない。

――夏藤さんの様子から、子供慣れしてるって感じもしないから、急に館の仕事を回されたんだろうし、単純に畑違いの仕事に慣れなくて戸惑ってるだけかもしれないけど……あの雰囲気、誰かに似てんだよなぁ…誰だっけ？

思いながら天ぷらを揚げていくが結局誰か思いつかないうちに昼食の準備を終え、みんなと一緒に食事をしている間に、すっかり「誰に似ているか検索」は頭から飛んでしまっていた。

結局、夏藤は子供たちと一緒に夕食まで食べて、子供たちを連れて戻っていった。

「じゃあかのさん、またらいしゅう！」

「うん、また来週」

手を振ってくる子供たちに手を振り返しながら送り出す。最後に夏藤が会釈《えしゃく》をするのに、秀尚も会釈を返して見送ってから、秀尚は厨房に下りて大人稲荷たちの居酒屋の準備に取りかかった。

そしていつもの頃合いで常連稲荷たちがやってきた。

今夜は冬雪が夜警シフトなので欠席で、陽炎、景仙、時雨、濱旭の四人である。

「天ぷらの盛り合わせでーす」

突き出し、一品目が出て、みんなが二杯目、ないしは三杯目の酒に入ったところで、秀尚は三品目を出した。

「ああん、揚げたてって贅沢《ぜいたく》って感じするわぁ」

時雨が嬉しげに言う。

「塩は普通のと、梅塩、ワサビ塩があります。天つゆは希望があるなら作りますけどできれば希望なしの方向でお願いします」

秀尚は準備した塩を置きながら、天つゆ欲しいとか言うなよ、とストレートに伝える。この程度のことは言える親しさでもある。

「揚げたてはサクッと塩で十分だな」

陽炎が言うのに濱旭も頷きながら、

「ていうか、この暑いのに天ぷら揚げてくれる大将の優しさだよねー」

と、言いながら皿に天ぷらを取っていく。

「この時間は昼より全然楽ですよ。今日の昼食は子供たちが天ぷら食べたがったんで」

秀尚はそう言ってから、思い出して言った。

「あ、今日、館の新人さんが来たんですよ。何と大人のお稲荷さんでした」

「あら、そうなの？　じゃあ薄緋殿のお手伝い？」

時雨が、意外、といった様子を見せ、陽炎と景仙はすでに館で会っているようで特別反応はなかった。

「そうみたいです。夏藤さんっていう大人しそうなお稲荷さんでした」

「え！　夏藤殿って、人界に下りてたんじゃないの？」

その中、濱旭は名前を聞いた途端《とたん》に驚いた様子を見せた。

「あら、親しいの？」

時雨が問う。

「いや、親しいって程じゃないんだ。直接会ったこともないんだけど、前回の人界任務の終盤で、本宮でサポートしてくれる担当さんが変わって、それが夏藤殿だったんだよね。で、その後、俺が今回の任務で下りてすぐくらいに、夏藤殿も人界任務で下りたって聞いてたんだけど……俺の後に下りてもう戻ってるって、ちょっと早い気がする」

濱旭はそう言って首を傾げる。

「短期任務だったのかしらね？　アタシ、短期任務多かったわよ。半年とか、一年とかで終わる感じで」

時雨が言うのに、濱旭はその可能性もあるか、といった顔をした。

だが、陽炎と景仙が多少思案顔をしているのに秀尚は気づき、次いで濱旭も気づいて、

「え…、夏藤殿と何かあった……とか？」

恐る恐るといった感じで問う。

「いや、夏藤殿と何かあったってわけじゃない。ただ……まあ、そうだな、見た目に分かる異変だから言っちまうが、夏藤殿の尾の数は、今、一尾半だ」

少し言いづらそうにしながら返した陽炎の言葉に、時雨と濱旭の顔から表情が消えた。

尋常ではない様子に、

「え、それってマズいんですか？」

事情の分からぬ秀尚は聞いた。

「マズいっていうか、マズいどころの話じゃないっていうか！」

かなり慌てた様子で濱旭が口を開く。

「まあ、ちょっと落ち着きなさいよ」

時雨は濱旭にそう声をかけてから、自身も少し気を落ち着かせるように一呼吸おいた。

そして言葉を続ける。

「一応ね、一人前の稲荷として本宮に上がるのは、最低でも二尾になってからなの。だから一尾半っていうのは……本宮に上がる稲荷としては、かなり問題」

「濱旭殿、夏藤殿は以前は何尾でいらしたかご存じですか？」

景仙が問うのに、濱旭は頭を横に振った。

「ううん。でも、人界任務に下りるのは最低三尾って決まってるから、三尾以上だったはず」

「濱旭殿が今回の任務で下りてすぐってことは……」

指を追って年数を数える時雨に、

「俺が今六年超えたとこで、そのちょっと後だから五、六年前は三尾だったはず。それがこんな短期間で一尾半っておかしくない？　あり得る？」

夏藤とかかわったことがあるからだろうが、濱旭はいつもの彼らしくない様子で眉根を寄せ、興奮した様子で言う。

「考えられる可能性は呪詛《じゅそ》とか？　野狐化《やこか》を促進する呪詛があるとか、剣呑《けんのん》な噂があるじゃない」

その時雨の言葉に、

「いや、薄緋殿が言うには、その系統の心配はないらしい。むしろあれば不安定なあわいには本宮側も手伝いによこさないだろう」

陽炎が言った。その返事に、それもそうね、と時雨は納得したが、

「あの、『ヤコカ』ってなんですか？」

秀尚は、おそらくは基本的であろうことを聞いた。

その問いに呆《あき》れることなく、陽炎は懐《ふところ》から帳面を出すと、

「漢字ではこう書く」

そう言って、いつもながらの達筆で『野狐化』と書いた。

「上二文字で『やこ』だ。平たく説明するなら、稲荷神が悪霊化したものだな」

「え！　神様が悪霊になっちゃうんですか？」

秀尚はちょっと驚いた。

「大して珍《めずら》しい話でもないだろう？　一時期はご利益《りやく》目当てで隆盛《りゅうせい》を誇った社が、時の流れとともに衰退《すいたい》して朽《く》ちていくこともよくある。大抵の場合、そういった祠《ほこら》の主《あるじ》は自然に消えてしまうものなんだが、中には、まあ悪さをしちまうのもいてね。稲荷社なんかは一

時期、全国に爆発的に広がったから、その祠の数も相当だし、個人の家にきちんと祠を設《もう》けて迎えられた稲荷も多い」

「あー、俺も店にお稲荷さん祀《まつ》ってますし」

「いや、ああいうお札をもらってきて神棚に祀るって感じじゃなくてな、稲荷勧請《かんじょう》って言って……よく企業の敷地内だったり、ビルの上だったりに、祠を設けて祀ってあるのを見たことがないか？」

　陽炎の言葉に秀尚は軽く記憶を巡らせた。

「見たことあります」

「込み入った説明は省くが、ああいうかたちになると、そこに俺たちが派遣されると考えてくれていい。で、勧請した稲荷は代々受け継いで祀るのが基本なんだが、中にはまともに祀ってもらえなくなった祠や社なんてのも多いからな。言い方は悪いが、利用されるだけされて捨て置かれた『神』というのは荒れることもある。何のためにかは分からんが、それを利用しようとしている輩《やから》がいるらしい」

「え、怖《こわ》っ！　……ここの山の上の神社のお稲荷さんとか、大丈夫なんですか？」

　確か末社に稲荷社があると聞いているし、そもそも神社そのものも、常駐《じょうちゅう》の神主がいないので心配だ。

「大丈夫よ。常駐ではないにしても、定期的に神主さんがいらしてるし、参拝客もちゃんといるから」

時雨が言うのに続けて、

「加ノ原殿がすぐにこうして思い出せるのですから、そういったうちは、まだ大丈夫ですよ」

景仙も言った。

「それならいいんですけど……神様も大変なんですね」

思案顔になる秀尚に、

「まあ、仕方のない部分もあるがな。過疎《かそ》化で村が消えることもあるし、商家に迎えられたものの、招いた当人が亡くなったり、商《あきな》いを畳んだりした後は、家族が祠をどう扱っていいか分からなくなって廃《すた》れちまったり、祠をそのままにして引っ越しちまったりな」

陽炎は具体的な『仕方のない』例を出して説明してくれた。

「分霊してもらった神社に連絡をするなり、それが分からないならせめて地元の神社に相談してみるなりしてくれればいいんだけどね」

時雨は物憂《ものう》げな様子を見せる。

「まあ、今回の夏藤殿はこれには関係がないから、この話は横に置いて、薄緋殿が言うには夏藤殿の異変にはこれという原因がはっきりしているわけじゃないらしいんだ。ただ、本宮の見立てでは心因性のものじゃないかってな」

腕組みをして言う陽炎に、

「心因性って、つまりストレスってことですよね？」

秀尚が問うと、陽炎は頷いて返した。

「まあ人界って、正直全然勝手が違うし、心が折れちゃうことは多いけどね」

経験者顔で言う時雨に、濱旭は頷いた。

「だから、わりと十七日の夜にライブ配信してるいなりちゃんねる、喜ばれてたりするんだよね。一緒に飲んでる感じもするみたいだし、途中で悩み相談っぽいのやるじゃん」

「ああ『時雨の小部屋』ね」

時雨が苦笑いしつつ言う。

毎月、大体十七日に常連稲荷たちは、INARI-Fi《イナリファイ》と濱旭が呼ぶ街を搭載した端末と水晶玉で見ることができる飲み動画をこの加ノ屋の厨房からライブ配信している。

秀尚はその様子を見ながら、できた料理を提供するだけで参加はしていないのだが、映り込む時はクマのぬいぐるみに変換されるように設定されているらしい。

それぞれの近況を語ったり、ちょっとしたゲームコーナーがあったりするが、基本的には飲み屋トークに終始する。

その中に、配信を見ている稲荷たちから寄せられたコメントについてあれこれ話す部分もあるのだが、そこに悩み事が混ざると、途端にムーディーな音楽が流れて『時雨の小部屋』という相談室が始まるのである。

もっとも時雨一人が回答するわけではなく、全員であれこれ話すうち、やはり酔っ払いテンションで解決しないのが基本で、

「最終的にすべての回答が『まあ、飲もう』で終わるがな」

陽炎が突っ込んだとおりで終わる。

「それでいいのよ。みんな真面目《まじめ》な回答なんて期待してないんだから。似たような悩み抱《かか》えてんなーって、シンパシー感じて安心するっていうか、一人じゃないって思いたいっていうか」

時雨の言葉に秀尚は頷いた。

「あー、分かります。共感して安心するっていうのは、うん……」

「一人じゃないって思えるだけで、ちょっと安心できるもんだからな」

そう言った陽炎に、濱旭は、

「それで、夏藤殿は人界でなんかあって、それで戻されてあわいへ？」

夏藤のことに話題を戻し、聞いた。

「いや、人界から戻ってすぐじゃないみたいだぞ」

「具体的にどのくらいかは分からないのですが、あわいにいらっしゃる前は本宮で任務に就いていらしたそうなので、人界任務を終えられてからいったん本宮勤めに戻られたよう

です。ですが調子がどんどん悪くなって、一度、環境を大きく変えたほうが、ということで、萌芽の館に、というのが、夏藤殿と薄緋殿の両方からお聞きして分かったことです」

景仙が詳しく答えた。

「まあ、本宮と館じゃ、確かに環境はめちゃくちゃ変わると思うけど……子供たちのあのパワーに付き合うのは大変よ？」

軽く肩を竦《すく》める時雨に、

「それを、薄緋さんは一人で対応してるんですから、本当にすごいですよね」

秀尚はしみじみと感心して言う。

その秀尚に、立てた人差し指を左右に振りながら、

「いや、薄緋殿の場合、自分のペースをほぼ崩《くず》さないからな。子供たちにそのペースを覚え込ませた薄緋殿の勝ちだ」

陽炎は分析する。

その言葉には全員が納得した。

確かに薄緋は子供たちを外に遊びに連れ出しても、一緒に遊びに混ざることはほとんどなく、基本的に見守っている。

子供たちは基本的にいい子だが、フリーダムな面も多いし、まだまだ甘えたい盛りである。そのため、誰かしら「大人」だったり、自分より年長のものがいると、傍にいたがる

し、甘えてくる。

だが、一人で館を切り盛りしている――あわいの警備に当たる陽炎たちをはじめとした稲荷が手伝いはするものの――薄緋は、かなり多忙で、子供たちが甘えたいままに甘やかしてやる時間がない。

そんな時、多少譲歩してでも、と秀尚なら思ってしまうところだが、薄緋は線引きがしっかりしている。

最初に時間を決めて、ここまで、と伝え、それを過ぎたらどれだけもう少しと言われても切り上げるのだ。

それが館のルールだとしっかり教え込んでいるので、大抵の場合、子供たちは納得する。

とはいえそれが、強制的ではなく行われているからすごいのだ。

「俺も、薄緋殿のペースにまんまと乗せられること多いがな」

陽炎が苦笑いして言う。

「でも、ペースに乗せられて悪い気はしないんでしょ？」

時雨が笑いながら問う。

「まあな。だが、これから館のことを夏藤殿が手伝ってくれるなら、薄緋殿も少しは楽になるだろうから、俺がペースに乗せられて気がついたらあれこれ手伝ってる、なんてことは減ると思うんだが」

陽炎はそう言うが、どこかすっきりとしない様子だ。

「……夏藤さん、ちょっと心配な感じはしますよね」

秀尚が言うのに、常連たちは頷いた。

特に、夏藤のことを知っている濱旭は表情が一番暗い。

「まあ、様子を見るしかない。子供たちの元気に触発されて、いろいろ吹っ切れることもあるかもしれないしな」

陽炎はそう言ってから、

「さて、次の酒は何にするかな。もう一回ビールにするか……それとも…」

と話を酒に変え、

「秀ちゃん、次のお料理って何が出るのかしら？」

時雨はそれによって酒を決める様子で聞いてくる。

「次はサーモンのカルパッチョですね」

秀尚が返すと、

「じゃアタシ、白ワイン」

「俺はもう一度ビールかな。景仙殿と濱旭殿はどうする？」

時雨は白ワインへの変更を決め、陽炎はビールを継続である。

「私もビールを」

「あー、俺はこの天ぷらでご飯食べるからお茶にする」

「麦茶なら冷蔵庫に冷えてますよ」

秀尚が濱旭に言うと、

「じゃあ、それもらうね」

と返しながら立ち上がる。

「どうせ同じ冷蔵庫に入ってるんだから麦茶、入れてやるぞ？」

陽炎が返すのに、

「ありがとう、でも、ご飯よそうから、ついでに自分で入れちゃう」

濱旭は遠慮する。それに
「じゃあ、代わりにアタシの白ワインお願い」

時雨がいい笑顔で言った
「はいはい、まったくなんだかなぁ」

ぼやきながらも陽炎は自分たちのビールと時雨のワインを冷蔵庫から取り出す。

こうして居酒屋はいつもの様子を取り戻し、順調に続いたのだった。

三

加ノ屋の定休日は毎週火曜日と第一、第三水曜日である。

秀尚に用事がない限りは、定休日のたびにあわいの子供たちは加ノ屋に遊びにやってくる。今日は八月最後の火曜定休日で、いつもどおりに子供たちが来ていた。

「はちがつは、ごかいもすいようびがあるから、そんしたきぶん」

少し唇を尖《とが》らせて、浅葱が言うと、隣にいた豊峯も頷いた。

「せんしゅうも、こんしゅうも、いっかいしか、かのさんのところにこられないんだもん」

「ここに来るの、楽しみにしてくれてるんだ？」

膝の上に乗せた二十重に絵本を読んでやっていた秀尚が、読むのを中断して問うと、側にいた子供たちは、口々に「うん！」と返事をしてくる。

とはいえ、ここには子供たちの遊び道具が揃っているわけではない。絵本もブロックも積木も、子供たちが萌芽の館のものをこちらに持ち込んでいるのだ。

その時々や季節で子供たちは、それらを入れ替えている。

彼らはまだ耳と尻尾を隠せないので、店の外に出すことも、一般人に見られたら大変なことになるためできない。

つまり家の中だけで過ごすことになるので、それを考えれば館にいるほうが遊びという面では楽しみが多い気がするのだ。

もちろん、ここに来ればテレビを見ることはできるが、それとて、薄緋から二時間までと厳《きび》しく決められていて、子供たちはテレビを点ける時は何を見るのかを吟味《ぎんみ》している。

それが目的と言えば目的かもしれないが、テレビを点けずに終わる時もある。

秀尚としては子供たちがやってくるのは癒されるのでウェルカムなのだが、子供たちは退屈じゃないのかなと心配なこともある。

だから楽しみだと言われて嬉しい気持ちは大きいが、楽しいと言ってもらえるほどのことを何もしていないので、申し訳のなさも、ほんの時々あったりする。

とはいえ、些細《ささい》なことにも喜びを見出すのが上手な子供たちだし、あわいにいた頃でも彼らの相手に関しては、今とさほど変わらなかったなと思い返し、子供たちがいろいろあれこれしたいと言い出すまでは、現状でいいか、と結論づける。

その後で、

「そういえば、夏藤さんはどうしてる？」

秀尚はさりげなく聞いた。

「やさしいよ！　このまえ、おりがみのひこうき、ほめてくれた！」

手を上げ、殊尋が言う。

「とえちゃんと、おそろいのかみがたしてたら、かわいいっていってくれたの」

秀尚の膝に座った二十重も嬉しそうに言った。

「ほんを、たくさんよんでくれました」

そういうのは萌黄だ。

それ以外にも、外で遊んでくれた、とか、お手玉を教えてくれた、とか子供たちの人気は上々である。

「薄緋さんとは、どんなふうにしてる？」

「いっしょにおしごとしてるー」

「うすあけさまがおはなししたこと、てちょうにいろいろかいてるよ」

「仲良さそう？」

一番気になる部分を聞いてみると、全員が頷いた。

どうやら、うまくやっているようだ。

――まあ、俺が心配するようなことでもないんだけどさ……。

でも、この前会った時の様子と、その夜に聞いた話からどうしても気がかりで仕方がなかった。

「じゃあ、今日も薄緋さんと、一緒にお仕事してるのかな」

「うん！」

「ふたりでいっしょに『いってらっしゃい』ってしてくれたよ」

子供たちはすぐに答えてくれる。

その子供たちは意外と大人の様子をちゃんと見ているし、気配に聡《さと》い。

子供たちが夏藤を語る様子におかしな点はないので、大丈夫かな、と結論づけると、膝にいた二十重が、秀尚の手をペチペチ、と叩いた。

「かのさん、そろそろつづき、よんで」

その言葉に、二十重の絵本の途中だったことを思い出す。

「ああ、ごめん。続き、続き……。えーっと、『意地悪な継母《ままはは》は、シンデレラを部屋から追い出し、屋根裏部屋に追いやってしまいました』」

止まっていた部分を思い出し、続きを読み始める。

十重と二十重はお姫様が出てくる話が好きなので、白雪姫《しらゆきひめ》やシンデレラ、かぐや姫《ひめ》あたりをよく読んで、と持ってくる。

人魚姫《にんぎょひめ》は、海の泡になってしまう、という衝撃的な最期が納得いかないらしく、ほとんど持ってこない。

でも、最初の、人魚だった頃の絵は好きらしく、よく開いて見ていたりするのが面白い。

しかし、秀尚も似たようなことがあった。

『狼と七匹の子山羊《こやぎ》』で、秀尚が読んでもらっていた絵本での結末は、狼がお腹の中に石を詰められて、川に沈《しず》められて死んでしまう、というもので、それが子供心にひどく残酷に思えて、

「おおかみが、もうしませんってあやまって、おかあさんやぎがゆるしてあげたことにして！」

と変更したかたちで読んでもらうように、母や祖母に頼んでいた。

ちなみに兄もそうだったらしく、

「やっぱり兄弟ね」

と言っていたが、弟はそのままの結末を受け入れていたらしいので、二十歳を過ぎた頃、それを聞いた時に、これが世代間格差か、と兄と二人で話したものだった。

もっとも、この時、秀尚も秀尚の兄も酔っていたが。

さて、いつもどおりにうどんかそばでの昼食——今回はパスタ風うどんで、ナポリタン組と野菜と塩昆布パスタ組に分かれた——を終え、おやつタイムまで秀尚は再び子供たちと二階の部屋で過ごしていた。

あわいでは昼食後、少し遊び時間を挟んで昼寝タイムになっているので、習慣化した眠

気がやってきてウトウトし始める子供も多い。

なので秀尚の布団を出し、ウトウトし始めた子供はそこに移動し、布団を横に使って寝始める。

そのほうが多人数が眠れるからだが、それでも狐に戻らない限りは全員というのは無理なので、基本先着順である。

今は実藤と二十重が沈没しており、寿々、経寿《つねひさ》、稀永《まれなが》の狐姿三人も、それぞれ座布団の上で丸くなっているので、おそらく沈没しているだろう。

起きているのは浅葱、萌黄、豊峯、殊尋、十重の五人で、秀尚はその五人とババ抜きをして遊んでいた。

すでに、十重、萌黄、豊峯、秀尚が上がり、浅葱と殊尋でビリ決定戦中である。

「みぎ、かな……」

浅葱が二枚、殊尋が三枚の、浅葱にリーチがかかった状態で、今は浅葱が引く番だ。浅葱は三枚のカードのうち、右に手を伸ばしながら、殊尋の顔を用心深く見る。

「……ことちゃん、なんでわらってるの？」

「わらってないよ」

「わらってるもん、これ、ばばなんでしょ？　やっぱりまんなか！」

そういって、浅葱は真ん中のカードを引き、確認した後、崩れ落ちるようにしてうずくまった。

「あー、ババだったかー」

浅葱のリアクションで引いたのがジョーカーだとすぐに分かる。殊尋は小さくガッツポーズをして、

「やった！」

と喜ぶ。どうやら、笑ったのは作戦だったようだ。

子供とはいえみんななかなか駆け引きをしてくるので、見ているだけでも面白い。

「ほら、浅葱。次は浅葱が引いてもらう番だぞ」

秀尚が声をかけると浅葱は、むーん、と唇を尖らせて起き上がり、手元の三枚をぐるぐるかき混ぜて殊尋に差し出す。

「はい、どーぞ」

殊尋は差し出された三枚を吟味するようにして見つめ、それから左端をえいやっ！　と引き抜いた。そして、

「やった！　あがり！」

大きく手を突き上げる。

「あーあ、まけちゃった。もうちょっとだったのになぁ」

浅葱は残念そうに言うが、さほど悔《くや》しそうではないのは、この前の回で一抜けしている

からだろう。

子供たちは、多少の差はあるが、この手の遊びでは負けても泣くほど悔しがったりすることはない。

秀尚なんかは子供の頃、どんな遊びでも負けたらものすごく悔しかったので、一度、みんなに『負けたら、すっごく悔しくならない？』と聞いたことがある。

その時に返ってきたのは、

「あそびとかだと、かったりまけたりするのがたのしいんだよ」

という、ものすごく大人な答えだった。

正直、いなりちゃんねる内の「海賊危機一髪」という、樽《たる》を模《も》した入れものの周囲の穴に短剣を刺していき、樽の中央に入っている人形を飛び出させたら負け、というシンプルなゲームで、真剣に勝ち負けを競《きそ》い合う常連の大人稲荷たちに聞かせたい言葉である。

もっとも、彼らが真剣に競うのは、その後の罰ゲームが嫌だからだが。

「さて、次はどうする？　もう一回、ババ抜きする？　それとも他のにする？」

秀尚はトランプを集めてかき混ぜながら問う。

「ばばぬきは、もうさんかいやったから、べつのがいいなぁ」

十重が言うと、

「しちならべ、はどうですか？」

萌黄が提案する。

「あ、しちならべやりたーい！」

豊峯が賛成すると、他に異論は出なかった。

「じゃあ、七並べにしよっか」

秀尚が言って、トランプをひとまとめにしシャッフルを始めた時、すっと廊下側の襖が開いた。

今、加ノ屋にいるのは秀尚と子供たちだけで、みんな部屋の中にいるというのに、だ。

え？　と誰もが思い、開いた襖のほうを見た次の瞬間、

「「じじせんせい！」」

浅葱と萌黄が見事なハモリで言い、

「「「じじせんせいだ！」」」

殊尋、豊峯、十重の三人も、練習でもしたかのようにぴったり合わせて、そこにいた人物を呼んだ。

白い髪に白いひげ、そして白髪交じりの優美な尻尾を揺らしながら入ってきたのは、常盤木《ときわぎ》というおじいちゃん稲荷である。

子供たちは即座に立ち上がって、常盤木の許に向かい取り囲む。

「おまえたちも来ていましたか」

ふぉっふぉ、と笑いながら常盤木は子供たちの頭をかわるがわる撫でる。

常盤木は、あわいの地で「萌芽の館」を立ち上げた稲荷である。数年前に引退したが、ここにいる子供たちのうち、寿々以外は常盤木に世話をしてもらっていた。

引退後は「懐《なつ》かし屋《や》」という、亡くなった後も強い心残りを持つ者や、亡くなった相手に強い感情を抱き続ける者、双方の橋渡しを行う移動店舗を営んでいる――という、ざっくりとしたことだけ、秀尚は理解している。

詳しいことは秀尚が知っても仕方がないし、お稲荷様業界のことは、極力表面的にさらりと知っておく程度でいいかな、と思うのだ。

むろん、表面的にさらりと、と思っていても知らぬ間に巻き込まれることも多く、常盤木にしても去年の夏に、いきなり移動店舗の懐かし屋を、この居住スペース二階の廊下の壁に作って、しばらくお世話になります、という事態を起こしてくれた。

それを思い出し、秀尚ははっとし、

「えーっと、お久しぶり、です」

再会を喜び合う常盤木と子供たちに、割り込むようにして声をかけた。

その声に常盤木は、孫を見るような優しいまなざしを秀尚に向け、

「加ノ原殿、ご無沙汰しております。お元気のようで何よりです」

軽く頭を下げて挨拶をしてくる。

「常盤木さんもお元気そうで……、えーっと、今日はその、またお仕事、です？」

去年のことがあるので、今年もまたここで「懐かし屋」を営業するということもあり得るそうで、秀尚は聞いてみる。

すると常盤木は、

「いえいえ。繁忙期のお盆を終えまして、その後の段取りもいろいろ終わりましたので、今は休暇なんですよ、それで遊びに伺ったんです」

微笑《ほほえ》みながら答える。

──あ、休みなんだ。

秀尚がほっとしたのもつかの間、

「私の部屋はこの前と同じところの壁をお借りしましたので」

にこにこしたまま、完全事後承諾なことを常盤木は言う。

「え？　あー、はい」

そして秀尚も、ついうっかり、すんなり受け入れてしまう。

理由は、害がないからだ。

もちろん、前回同様、食事の準備は頼まれるんだろうなと思うが、特に手間なわけではないし、他に行く当てがないわけではないだろうに、わざわざここに来てくれたというのは光栄だと思う。

それに、常盤木のことは、好きだ。

一緒にいると、落ち着くし、和む。

子供たちが常盤木を慕っているのも、それを感じ取るからだろう。

――おじいちゃん力《りょく》、高いよなぁ……。

秀尚がそんなことを思っていると、子供たちがきゃいきゃいしているのに、寝ていた二十重と実藤が目を覚まし、常盤木を見ると、

「「じじせんせい！」」

寝起きのまどろみなどまったくなしで起き上がり、常盤木へと近づいていく。

その物音に、座布団の上、お腹を上に向けたいわゆるへそ天状態で寝ていた狐姿の経寿と稀永も目を覚まし、常盤木を見ると、

「あっ！　じじせんせいだ！」

「ほんとだ！　じじせんせいだ！」

即座に飛び起き、狐ジャンプをしながら近づいていく。

そして寿々はといえば――まだ寝ていた。

「すーちゃんは、大物になりそうだなぁ……」

危機管理能力という点ではこの状況でまだ寝ているのはどうかと思うが、寝る子は育つというし、まあ寿々だからな、と謎の納得をしつつ秀尚ははしゃぐ子供たちに囲まれる常

盤木の様子を見ていた。

感動の再会から約一時間後、子供たちはおやつタイムに入っていた。

今日は、ミカンのヨーグルトムースで、夜の居酒屋でも出すつもりで多く作っていたので常盤木も交え、みんなで一緒に食べることになった。

常盤木と久しぶりに会えたのが嬉しいようで、子供たちはきゃっきゃうふふとはしゃいだ様子だ。

寿々は常盤木に抱かれながら、ムースをスプーンで口に運んでもらって食べているが、去年会ったことについて記憶はうっすらなのか、最初抱き上げられた時は不思議そうに常盤木を見ていたが、すぐに馴染んだ様子だ。

「もう食べましたか。ではもう一口……そうですか、おいしいですか」

常盤木が目を細めながら寿々に食べさせていく。

「食欲も旺盛《おうせい》でいいですねぇ……。去年よりも少し大きくなって…うーん、あともう少し、なんですがねぇ」

どこか思案する様子を見せた常盤木に、

「じじせんせいは、いつまでかのさんのところにいますか?」

萌黄が問う。

「そうですねぇ、決めてはいませんが、まあ一ヶ月ほどはお世話になろうかと思っていますよ」

常盤木はそう答えてから、秀尚を見る。

――あー、そういえばいつまでって聞いてなかったな……。

もはやお稲荷様たちの持ち込む案件に関しては、『許容範囲内の協力ですむならお好きにしてください』というスタンスの秀尚なので、驚きもせず頷く。

無茶ぶりに慣れてしまった感がないわけではないが、彼らへの厚い信頼があるから受け入れられるのだ、と秀尚は綺麗にまとめて胸にしまう。

「おまえさんたちは、変わりはないですか？　薄緋殿もお元気で？」

一ヶ月はここにいると聞いてはしゃぐ子供たちに、常盤木が問う。

「うん！　うすあけさまも、げんき」

浅葱が答え、豊峯が、

「えっとね、うすあけさまのおてつだいに、なつふじさまっていうおいなりさまがきたの」

そう続ける。

「夏藤殿？」

「うん！　ほんぐうからきたおいなりさまなの。すごくやさしいの！　ねー」

常盤木の問いに十重が答えて二十重に同意を求める。二十重も笑顔で頷いた。

「そうですか、夏藤殿が……」

その様子からは、常盤木が夏藤を知っていることが見て取れた。

もともと常盤木は、あわいの地で「萌芽の館」を立ち上げる前は本宮にある「仔狐の館」と呼ばれる場所で、浅葱や萌黄たちよりもう少し大きな子供たちの世話をしていた。

居酒屋の常連稲荷たちも幼少期には常盤木に世話になっていたというので、夏藤もそうかもしれないと秀尚は察しをつける。

察しをつけるだけで問わないのは、夏藤の今の様子を考えると、子供たちが知らなくてもいい情報まで知ることになるんじゃないかと思ったからだ。

「きょうは、うすあけさまといっしょにおしごとしてるよ」

「このまえは、なつふじさまも、ここにきたの。それでいっしょにごはんたべたよ」

子供たちは口々に夏藤の情報を常盤木に伝えていく。

それを常盤木は目を細めて聞いていた。

夏藤と何をして遊んだか、というような話題から、遊んでいた時に見つけたものの話になり、そこから別の話に飛んで……と、秀尚が夕食の準備のために厨房に向かうまでの間に、夏藤の話が再び出ることはなかった。

みんなで夕食を食べた後、常盤木と一緒に子供たちを館に送り出す。

「かのさん、じじせんせい、またね！」

「またらいしゅう！」

手を振り振り、押し入れの襖から帰っていく子供たちを見送り、秀尚は明日の店の仕込みと、居酒屋にやってくる常連稲荷たちに出す料理作りのために厨房に下り、常盤木は廊下の壁に作った『扉』の奥の自分の部屋に一度戻った。

そして順調に秀尚が仕込みをしていると、いつもどおりに常連たちがやってきた。

今夜は景仙が休みで——夜勤ではなく、奥方に合わせて休みを取ったらしい——、陽炎、冬雪、時雨、濱旭の四人だ。

全員が一杯目を飲み干し、二杯目を口にしながら、

「それでさぁ、ビアガーデンとか誘ってみようかって話になったらしいんだけど、いきなりビアガーデンとか誘うのもどうなんですかって聞いてくるのよね」

時雨が会社で相談されたことを話す。

「俺的にはアリだけどなー」

濱旭が言うのに、陽炎は、

「楽しく酒を飲むってだけなら、アリだが……」

とやや難しげだ。

「え、陽炎殿、意外と保守派だね。僕はアリだよ。まあ、へべれけになったり、絡み酒だったりってなったら別だけど」

冬雪はアリ派らしい。

「酒癖はねぇ……確かにカンベンしてって酒癖の子いるわ。そういう子には、次回からアタシがいる間は二杯以上飲ませないし、それ以上飲むようならアタシ先に帰るようにしてるのよね」

「え、意外。時雨殿なら介抱《かいほう》してあげると思ってた」

濱旭が言うと、時雨は、

「してあげなきゃなんなくなるから、先に帰んのよ。いい大人なんだから自力で帰れなくなるような飲み方しちゃダメでしょ？」

もっともなことを言う。

「確かにそうだな。家に帰るまでが遠足、なもんだ」

陽炎が言うのに全員頷く。

「たとえ帰り着いた部屋で行き倒れたとしても、家に帰り着くのは最低限だよね」

冬雪が言うと、

「俺、前は玄関の廊下のとこで、半分だけ靴脱いだ感じで寝てたことあるよー」

濱旭が言い、

「アタシ、トイレに座ったまま寝てたことあるわ」

時雨も続けて帰り着いた後の醜態《しゅうたい》を披露《ひろう》した時、

「今夜も盛況ですね」

階段の登り口から声が聞こえ、常連稲荷全員がそちらを見て、そして分かりやすく固まった。

なぜなら、そこに立っていたのは、常連稲荷たちが全員幼少期にお世話になった「じじせんせい」常盤木だからである。

「「「と…常盤木殿っ！」」」

全員、ザザッと音を立てて立ち上がる。

その様子にサプライズ登場をしかけた常盤木は、ふぉっふぉ、と笑いながら階段下に置いてあるつっかけを履いて、みんながいる配膳台のほうへと近づいてきた。

「まあまあ、そう緊張せず、お座んなさい」

と言う常盤木に、急いで冬雪が積んであるイスを一つ取り、常盤木の席を作る。

「常盤木殿、何を飲まれますか」

陽炎が問うのに、

「お茶をもらいましょうか。冷蔵庫の麦茶で結構ですよ」

常盤木は座りながら言い、陽炎は即座に冷蔵庫から麦茶のボトルを持ってきてグラスに注ぐ。陽炎が戻ってきたところで全員、座り直した。

「常盤木殿、いつこちらに？」

陽炎の問いに、

「今日の昼過ぎですよ」

常盤木がさらりと答える。その内容に常連稲荷たちは秀尚を見た。

「加ノ原くん、知ってて黙ってたのかい？」

冬雪が、やや恨《うら》みがましげに言う。

「黙ってたっていうか、話すタイミングがなかったんですよ。皆さんが集まってから、と思ってたら、集まった途端、話が盛り上がっちゃったじゃないですか」

秀尚の言葉を聞いて、全員が軽く記憶をさかのぼらせる。

今日、最後に来たのは時雨だった。

時雨が最後に来るのは珍しく、どうかしたのかと聞かれて、

『それが聞いてよ、昼休みと仕事終わりに二連チャンで恋愛相談されてさぁ』

と話し始め、話し上手な時雨の話にみんな引き込まれて盛り上がっていたのだ。

思い出した途端、全員が「あー…」といった様子を見せる。

「相変わらず楽しそうで何よりですね。一年ぶりですが、お変わりないですか」

常盤木が問うと、それぞれ近況報告を始める。

幼少期を知られている相手を前に、常連稲荷たちは『いい子』モードである。その様子を見ながら秀尚は次の料理は少し調理に時間をかけても大丈夫そうだなと考える。

なぜなら、常盤木がいる間は、彼らの飲食ペースが落ちることは間違いないからだ。

一通りの近況報告の後、

「萌芽の館に、薄緋殿の手伝いが入ったと聞きましたが、もう、会いましたか？」

常盤木は視線を陽炎と冬雪に向けて聞いた。それに二人は頷いた。

「夏藤殿のことですね」

「ええ。……どのような感じでしょうか？」

夏藤の様子を問われ、陽炎と冬雪は互いに目配せしてから、視線を秀尚に向けた。

何か説明したか？　と問う眼差しに秀尚は頭を横に振った。

それを受けて、少し間を置いてから陽炎が口を開く。

「俺は以前の夏藤殿を知っているわけではないので、今回初めて会った夏藤殿のことしかお伝えできませんが、現在、夏藤殿の尾の数は一尾半です」

陽炎の言葉に常盤木は目を閉じ、頷く。

「薄緋殿や子供たちとの関係はいいと思います。普段の様子だけなら、落ち着いているように見えるものの、ものすごく張りつめた状態に感じることも」

陽炎の言葉に、続けて冬雪が口を開いた。

「命綱《いのちづな》の最後の一本でギリギリ支えられてる、みたいな感じがして……。普通に立ってる分には多分、問題ないんだろうけれど、それが緩んだらちょっと怖いかなって思う程度には、危ない感じがするかな」

二人の言葉に、夏藤と少しだけかかわったことのある濱旭は眉根を寄せ、そして常盤木は二度ほどまた頷いてから目を開けた。

「そうですか……。あの子はもともと繊細な子でしたから…、多少思い詰めるところがありましてねぇ」

そう言ってから、少し間を置き、

「昼に、萌芽の館を手伝っていると子供たちから聞いて、先程まで薄緋殿と少し話して経緯はある程度聞いたんですが……薄緋殿もお二人と同じ見解でしたねぇ」

いつものおのんびりとした口調で告《つ》げたが、思案深げな様子が見て取れた。

実際に夏藤と会っている陽炎、冬雪、そして会ったことはないもののやりとりをしたことのある濱旭は、夏藤に関してどこまで何を聞いたり知ったりしていいのか測りかねている様子だった。

だからこそなのか、単に知りたいと思っただけなのか、

「その夏藤殿、何があったんですか？　聞けば一度は人界任務に下りたことのある稲荷…神使だといいますし、それが短期間で一尾半なんて……」

時雨が聞いた。オネエ言葉をナチュラル封印で。

その問いに常盤木は少し考える間を置いてから、

「具体的に何があったのかは分からないんですがね」

そう前置きをしてから続ける。

「人界任務でミスをし続けて、本宮に戻されたそうなんですが、その時点で二尾になっていたらしいんです。いえ、むしろ二尾になってしまったから戻された、と言ったほうがいいんでしょうねぇ……」

「二尾だと、こっちにいたらダメなんですか？」

秀尚が調理の手を止め聞いた。

「いえいえ、こちらに『いる』だけならかまわないんですよ。遊びに来るとか、そういう話であれば。ですが『任務』をこなすには、二尾では不測の事態に備えられませんのでね」

常盤木は秀尚にそう説明してから、

「本宮に戻ってから、内務職についたもののミスが続いたようでしてね。決して仕事量が多いというわけでもなかったようですが……尾も衰退し続けて、このままでは本宮の『神気』に負けてしまう可能性があるということで、保護目的であわいに、と。もともと、薄緋殿に補助をという話も上がっていたところでしたし」

もちろん、精神的に落ち込んでいる様子の夏藤を、不安定な空間であるあわいに置くことに懸念《けねん》はあった。

以前、秀尚が職場トラブルであわいに迷い込んだ時に、秀尚の精神的な不安定さが呼び水になり、それまでにもできていた『時空の裂け目』からの侵入者を呼び込みやすくしてしまったのと同じ理由である。

とはいえ夏藤は一尾半とはいえ、稲荷だし、警備を厚くすることで対応できるだろうというのが本宮の決定であり、実際これまで、通常よりも時空の裂け目が多くなっているというような事態にはなっていないらしい。

「……夏藤殿は仕事ができないってタイプじゃなかったよ。すごい、よく気がつく人だなって思ってたし」

夏藤のことを知っている濱旭は庇《かば》うようにして言う。

「気を回しすぎてっていうか、気がつきすぎるから疲れてしまうっていうのは、よくあることでしょう。まして、初めての人界任務なら、不慣れだというのもあって……。相談できる相手がいたなら別だろうけど、誰に相談していいか分からないとか、こんなことで相談の時間を取ってもらうのは申し訳ないとか……責任感の強い子ほど、そう思う傾向はあるし」

心配した様子で言う時雨の言葉に、常盤木は頷いて、

「ですから、おまえさんたちがやっている、いなりちゃんねる、でしたか？　あれは人界に下りている稲荷には有益ですねぇ」

いきなりさらりと爆弾を投下した。

「……え？」

「いなり、ちゃんねる……？」

「なんで常盤木殿が知って……」

驚きに表情の抜け落ちた時雨、濱旭、冬雪の三人の視線が、自然と陽炎に向けられる。

「いやいやいやいやいや、俺じゃない！　俺は言ってない！」

陽炎は慌てた様子で頭と手を横に振って全否定するが、三人の目は懐疑《かいぎ》的だ。

普段の行《おこな》いがそうさせるのだろう。

それに、常盤木はふぉっふぉと笑って、

「なかなかに面白いと、噂で聞きましてね。毎回録画を楽しませていただいていますよ」

そう言ってから時雨に視線を向けた。

「ですから、いつものようにお喋りなさい？」

瞬間、時雨が配膳台に突っ伏した。

「違う…違うのよ……、これはあくまでオネエの擬態《ぎたい》であって…」

「いや、今、ナチュラルに『違うのよ』って言ってる時点で、もう擬態じゃないよね？」

容赦なく冬雪は追い打ちをかける。

「時雨殿、生きて……」

突っ伏したまま動かない時雨の背中を軽くさすりながら、濱旭が慰《なぐさ》める。

その様子を微笑ましそうに見つめた後、

「そう言えば冬雪殿は、十重と二十重に『ぱぱ』と呼ばれてご満悦《まんえつ》だったとか」

時雨に追い打ちをかけた冬雪に照準を定めてスナイパー常盤木は撃ってきた。

「ち…、ちが……」

「え？」

「違わないです、けど！　その、もし、結婚して子供がいたらこんな感じかなとか、脳裏に未来予想図がよぎっただけで、別にやましい気持ちは」

冬雪は慌てて弁解する。

これまで酔った勢いで、いなりちゃんねるの中でやってきたあれこれを常盤木に見られていたかと思うと、いたたまれない常連たちである。

「まあ、そう気にすることでもないでしょう。お酒の席ではあのくらいの騒ぎ、普通にあるものです。むしろ可愛らしいものですよ」

常盤木はそう言うが、これまでのいなりちゃんねるのすべてにかかわってきた――何しろ飲みの現場が加ノ屋なのだからかかわらずにいられないのだ――秀尚は、あのどんちゃん騒ぎを「可愛らしい」と言える常盤木は、どんな酒宴をこれまでこなしてきたのかと、ちょっと思う。

まあそのあたりを突っ込むと長くなりそうなので、黙っているが。

「あの中で、寄せられる感想やなんかについて、いろいろみんなで話すでしょう？　同意するものがいれば、違う見方をする者がいたりで……人界に下りている者は、随分励まされていると思いますよ」

常盤木は褒めた後、

「夏藤殿が下りている時にあの動画があれば、少しは違ったのかもしれませんねぇ……」

少したため息をついた。そして、陽炎と冬雪に視線を向けた。

「しばらくは様子見ですかね……。二人とも、あわいの任務で夏藤殿に会う機会があると思いますが、少し気にかけてやってくださいませんか」

陽炎と冬雪は頷いた。

それで一段落したと見て取った秀尚は、でき上がっていた料理――ナスやズッキーニ、パプリカ、玉ねぎなどを素揚げして、トマトとニンニク（翌日まだ仕事のある時雨と濱旭に配慮して少量にした）で煮込みながら調味料で味を整え、冷蔵庫で冷やしたカポナータを出し、さらに、ピーラーを使って縦に薄く切ったきゅうりをくるっと巻いて器にし、底が抜けないように半分にした大葉を入れ、そしてそこにみじん切りした玉ねぎとツナをマヨネーズで和えたディップを詰めたものを出した。

「やだ、カポナータは彩《いろど》りがいいし、このきゅうりの詰めもの、可愛いじゃない」

常盤木に普段のオネエ言葉を知られていた時雨は、もう隠すのはやめた様子で、いつもどおりに話し始める。

そのまま常盤木を入れて居酒屋はいつもどおりの賑わいを見せ——一時間ほどで常盤木は『爺《じじい》はそろそろ寝る時間ですから』と言って席を立ったが——、つつがなく閉店した。

居酒屋が終わる頃には、洗い物もあらかた終わっていて、最後に出していた料理の皿と取り皿、そしてグラスくらいしか残ってないので、常連たちを送り出した後、十分もすれば秀尚も厨房から二階に戻る。

そして入浴をして寝る、というのがいつもの手順で、今日も二階に戻ってすぐ、お風呂に入った。

湯船に浸からないと入った気持ちになれない秀尚は夏場でも湯船に湯を張る。

最初にゆっくりと浸った後、シャワーを出して髪を洗っていると、

「ひゃっ！　冷たっ！」

突然水しか出なくなった。

「え、まさか、ガスがなくなった？」

加ノ屋はプロパンガスを使っているが、一昨日、業者が来てガスを交換してくれたばか

りだ。

「接続がおかしいとか？」

　そう思いつつもとりあえずは湯船のお湯で髪と体を洗い終え、風呂を出てから、階下に下りてまず、厨房の設備が大丈夫か確認した。

「うん……こっちのガスが全部大丈夫…ってことはガス欠《けつ》ってわけじゃないし、厨房の湯も出る…」

　とりあえず厨房が大丈夫ということに秀尚はホッとする。

　ここもダメだと、営業を休まなくてはならなくなるからだ。

「なんで、風呂だけアウトなんだろ…？」

　不思議には思ったが、とりあえず明日、給湯器の会社の連絡を入れることにして、その日は寝ることにした。

　そして翌日、給湯器の会社に連絡したところ、店と二階の風呂は給湯器が別になっていることが分かった。

　どうやら、風呂は後から増築で作られたものらしく、店の給湯システムとは別だったようだ。

「だいぶ古い機械なんで、修理は無理なんですよ。品番から、三十年ほど前のもんやと思うんです」

少し申し訳なさそうに、来てくれたメンテナンスの人は言った。

「三十年ですか…長くもってくれたって言ったほうがいいですね」

秀尚が言うと、彼も頷いたが、

「それで、新しいものに交換っていうことになるんですけど……今、モノが入ってきてへんのですわ」

再び申し訳なさそうな顔で言う。

「え？　品切れってことですか？」

「そうなんです。今、在庫が全然のうて……ホンマに申し訳ないんですけどお客様には入荷を待ってもろてるとこなんです」

「入荷の目途は、立ってるんですね？」

まさか未定ではないよな、と恐る恐る聞いてみる。

「一応は……ただ、今日、明日っていうのは無理で、三週間ほどかかってしまうかと」

「三週間……」

即日対応は無理だろうなと諦めていたものの、三週間というのは想定外だった。

それが表情に出てしまっていたのだろう、彼は本当に申し訳ないという様子で「すみません」と謝る。

「いえ、商品がないのは仕方ないことなんで…じゃあ、入荷次第でお願いできますか？」

彼を責めても仕方がないので、とにかく段取りだけはお願いしておく。
そして、彼が帰った後で、秀尚は、
――三週間風呂なしって……マズいよな…。
店の開店準備をしながら、少しうろたえていたのだった。

四

その夜の居酒屋で、常盤木も交えて、秀尚は風呂の給湯器が壊れた件を話した。

「客商売だから、風呂に入らないっていうのはちょっと無理なんですよね。だから風呂が使えるようになるまでの三週間は銭湯《せんとう》に行くことになるんですけど、銭湯が十時には閉まっちゃうんです」

「あら、わりと早く閉まっちゃうのね」

時雨はオネエ言葉使いが常盤木にバレたので、もはや取り繕うこともなくいつもどおりに話している。

「もう少し先にスーパー銭湯があるんですけど、ちょっと値段が高くて。毎日のことだから負担がちょっと……」

秀尚の言葉に時雨と濱旭は頷く。

「スーパー銭湯っていろんな設備があって楽しいけど、その分、値段上がっちゃうわよね。アタシが前に行ってたとこって小さめだったけど八百円だったわ」

「普通の銭湯だと四百円台ってとこだから、倍近いと毎日は厳しいよねー」

さすがに人界任務の二人は詳《くわ》しかった。

「それで、もろもろのことを考えたら九時前にはここを出ないといけない計算で、それまでに明日の仕込みを終わることを考えたら、居酒屋を開くのはちょっと難しいかなって感じなんですよね」

だが、秀尚がそう続けると、

「え！　三週間も大将のご飯食べらんないの？　死ぬ！　絶対死ぬ！」

濱旭はさっきの同意をかなぐり捨て、

「アタシも唯一の楽しみが三週間も遠ざかるのはつらいわ……」

時雨も、濱旭ほどあからさまではないにしても思案げな顔をする。そして、

「あ！　それじゃあ、アタシが帰る時に秀ちゃん、うちに来て、お風呂に入って帰れば？　店の扉でひとっ飛びだし」

名案を思いついた！　という様子で言った。

「それいいかも。俺の家でもいいよー」

濱旭も申し出て、居酒屋の時間だけは死守したい気持ちがありありと見える。

なお、黙っている陽炎と冬雪、景仙の三人は自分にできることがなさそうだから黙っているだけで、居酒屋が継続されるかもしれない気配にほっとした様子を見せていた。

その中、常盤木が、

「それはそれで加ノ原殿が気をお遣いになるのではないですか」

そう言って、少し考える様子を見せると、

「空いていればいいんですがねぇ……。ちょっと失礼しますよ」

立ち上がり、そのまま二階へと戻っていった。

「……『空いていれば』って、いったい何？」

秀尚には何のことやら、ちんぷんかんぷんで、稲荷たちなら何か察するものがあるかなと思ったのだが、全員首を傾げていた。

「まあ、話の流れから風呂の何かだろうとは思うが……」

「給湯器がダメだっていうから、もしかしたら竈《かまど》の神のミニサイズに出張してきてもらって、一時的にお風呂を沸かせるようにしてもらう、とか？」

陽炎と冬雪が言う。

「それだったら『空いてる』って言葉はおかしくない？」

時雨がもっともなことを言う。

結局分からないので、正解は常盤木待ちということになったのだが、

「俺、この三週間の間に、取ってなかったお盆休みを一週間くらい取るつもりしてるんです」

その間に秀尚は予定を告げる。

正月休みとお盆休みを、秀尚はいつも時期を遅らせて取っている。

普段の参拝客は少ないとはいえ、正月の間は初詣客が多いし、大晦日の夜は臨時《りんじ》で店を開けるくらいだし、お盆休みの間も結構な書き入れ時なのだ。

「ああ、まだ休みを取ってなかったな、今年は」

思い出したように陽炎が言う。

「そうなんですよ」

「じゃあ、その間やっぱりうちにいらっしゃいよ。好きに過ごしてくれればいいし、まあ夕食を作ってくれれば万々歳《ばんばんざい》だけど」

時雨がさりげなく誘うと、

「じゃあその間、居酒屋は時雨殿の部屋ってことだな？」

「あ、じゃあ座標《ざひょう》を時雨殿の部屋に合わせて直しておかないと」

陽炎と冬雪が続けて言う。

「やめてよ、アタシの部屋は男子禁制の花園なんだから」

「時雨殿、いろいろ破綻してるから、落ち着いて？」

濱旭が言ったところで常盤木が戻ってきたが、手には水晶玉を持っていた。

「加ノ原殿、これを見てもらえますか？」

そう言って秀尚に水晶玉を渡す。秀尚が受け取ると、そこに映し出されていたのは「ゆ」と書かれた暖簾《のれん》のかかった、ガラスのはまった木製引き戸だった。動画になっているらしく、そのまま見ていると引き戸が開き、木でできた靴箱がずらりと並び、入口は男湯と女湯に分かれている。

そして、男湯のほうの入口が開き、番台《ばんだい》、木製のロッカー、富士山のタイル絵のある大きな湯船。どう見ても、

「銭湯ですね」

それも、昔ながらの。

常盤木は秀尚の言葉に頷きながら、

「ええ、稲荷湯です」

「……屋号《やごう》ですか？」

首を傾げつつ、秀尚は水晶玉を常盤木に返した。

「いえいえ、そうではなく、稲荷たちに無料で開放されている銭湯です」

常盤木はそう言って、その「稲荷湯」の説明をしてくれた。

主に地方の社に転籍している稲荷たちが、日頃の疲れを癒すのにやってくる風呂らしい。

その風呂に行くには、専用の「扉」がなければならず、その「扉」の数は限られているため、以前は争奪戦だった頃もあるらしい。

「以前はってことは、今は空いてるんですか？」

　秀尚が問うと、

「以前ほどではないようですねぇ。最近、新しい施設が作られまして、そちらにはサウナなどもあるので、そちらを使われる方が増えたようで」

　常盤木が説明する。それを聞いた濱旭が、

「あー、『整《ととの》う』ってアレやりに行くんだ」

　と言い、時雨は、

「アタシ、何度かサウナ行ったんだけど『整う』が結局分かんなかったわ……」

　首を傾げていた。

「まあ本当に、普通の銭湯と変わりませんが、この稲荷湯は二十四時間営業ですから、加ノ原殿さえよければ話を通しておきますので、こちらに通われてはいかがですか？」

　常盤木はそう提案してくれた。それに、一瞬、二十四時間なら、と思いかけた秀尚だが、すぐあることを思い出した。

「えーっと、俺、普通に人間なんですけど、その稲荷湯さんに入りに行っちゃってもいいもんなんですかね？」

　稲荷たちのための銭湯ということは、客はおそらく稲荷ばかり。

　そして、多分、人の住む世界じゃないところにある。

もちろん、あわいの地に迷い込んでしまったり、雪女《ゆきおんな》の結界に入ってしまったりという経験はあるが、それはあくまでもトラブルが起きて、だったり、向こうからの要請で、だったりした場合だ。

だが今回のように、ちょっと風呂入りに異世界まで、なんてことをしていいものなのかどうか分からないし、向こうで顔を合わせた稲荷も落ち着かない気分にならないかなと心配になるのだ。

だが常盤木は、

「そのあたりはちゃんと伝えておきますし、前例がないわけではないので大丈夫ですよ」

問題ないと言ってくれる。

とはいえ、である。

決めきれない秀尚に、

「一人で行くのに抵抗があるっていうなら、俺たちがついていってもいいぜ?」

陽炎が助け船を出してきた。

「ああ、そうだね。どうせ本宮に戻ってお風呂に入るんだから、そっちですませるってだけだし」

冬雪も同意する。そうなれば時雨と濱旭も、

「じゃあ、アタシも行くわ」

「楽しそうだし俺もー！」

ということで、結果、景仙以外の四人が一緒に行ってくれることになった。

「では、一ヶ月間の使用権を取ることにしましょうかね」

そう言うと水晶玉の表面を指先ですすっとなぞり、

「今夜から一ヶ月、使用できるように申請しておきましたので、いつでも何度でもどうぞ。それから利用者の中に人がいることも伝えてありますから、大丈夫ですよ」

常盤木はさくっと使用権を取ってくれた。

「ありがとうございます」

「いえいえ、どういたしまして。私もしばらくこちらにお世話になるわけですし、家主《やぬし》殿の危機ですからね」

そう言って笑ってから、

「実は、すーちゃんのことも気になっていましてねぇ……」

と切り出した。

「すーちゃんですか？　え、何か問題が？」

「え、今日も会ったけど、いつもどおり可愛くて問題なかったですよ」

慌てる秀尚に、冬雪も驚いた様子で言う。

「いえいえ、問題というわけではないんですよ。ただ、昨日、一年ぶりに会ったわけですが成長度合いが思ったほど伸びていないので、しばらく抱っこをして探っていたんですがね。どうやら、もともともう少し成長していた子だと聞いておりますし、その分妖力を溜める器《うつわ》は大きいのだと思います、ただ、それに対して体が小さいので、得た力は体の成長に主に使われてしまって、均衡《きんこう》がとれていないようですねえ……」

ただ、それでも現状問題はなく、体がもう少し成長すれば自然と均衡がとれるようになるらしい。

しかしそれにはいささか時間がかかるらしいのだ。

「銭湯の湯には『器を満たす』力もあるんですよ」

常盤木は言ったが秀尚はその意味がよく分からなかった。

「器を満たす……？」

「えーっと、ゲームでたとえたら、ＨＰとＭＰがあるでしょ？」

濱旭が説明を始める。

「すーちゃんは元のレベル戻すのに、ＭＰも全部ＨＰに突っ込んでる感じっていうのかな。均等に溜まってくほうがいいんだけど、あの子たちはまず生物としての体ありきだから、本能的にどうしてもそっちをまず満たそうとしちゃうっていうか。それがお風呂に入ることで両方回復するって感じ」

「あー、なんかふわっと理解できたような」

秀尚が言うと、陽炎は笑って、

「まあ、おまえさんはその程度の理解でいい。要するに疲れた俺たちが癒されて元気をもらいに行く銭湯だと思ってくれれば」

ざっくりまとめた。

秀尚も、あまり神様業界に詳しくなるのもどうかと思うので、まあいいかと納得する。

「一週間程度で満ちた力が定着しますから、加ノ原殿が通われる間、すーちゃんを何度か入れてあげられたらと思うんですがねぇ」

確かに、その銭湯にそういった力があるなら、寿々を連れていってやるのがいいだろう。

今の寿々がどうこうというわけではなく、イレギュラーで今の状態になったのだから、少しでも早く元の状態に近づけるなら、そうするほうがいいと秀尚も思う。

「じゃあ、今度子供たちが来る時にでも連れてってあげればどうかしら？　すーちゃん一人ってわけにもいかないだろうし」

時雨が提案すると、

「ああ、それはいいな。きっと喜ぶぞ。俺も休みを取って付き合おう」

陽炎が付き添いに名乗りを上げる。

「みんなで一緒にか、楽しそうだよね」

冬雪が言うのに頷いた秀尚だが、ふっと脳裏に十重と二十重の姿がよぎった。

「あー、十重ちゃんと二十重ちゃんはどうします？」

館では、子供たちはみんな一緒にお風呂に入っている。

だが銭湯となると、他の稲荷たちも一緒になる可能性が高いし、子供たちを銭湯に連れていく時は秀尚も行くことになるだろう。

その場合、十重と二十重は気にしないかもしれないが、秀尚が気まずい。

「あのくらいの年齢なら、男風呂で一緒に入っても問題ないだろう？　館でも一緒に入ってるんだし」

陽炎は言うが、

「陽炎殿、それちょっとアウトかも」

濱旭が言う。

「え？　人の子で言うなら幼稚園児だぞ？」

首を傾げる陽炎に、

「令和《れいわ》の倫理観的に避けたほうが無難かもしれないわね」

時雨が言う。

「そういうもんか……」

うーん、と陽炎は腕組みをする。他の常連たちも考えるような間を置き、そして濱旭が口を開いた。

「別宮《べつみや》の女子稲荷さんにお手伝い頼むっていうのどう？」

「あ、それいいかもしれないね」

即座に反応したのは冬雪で、視線をそのまま景仙へと向ける。

「景仙殿、香耀《かよう》殿に話をしてもらえないかな。十重ちゃんと二十重ちゃんを銭湯へ連れていく手伝いを、別宮の女子稲荷さんにお願いできないかって」

「かまいませんが……皆さん、別宮の女子稲荷の方とはそれぞれご連絡を取れるのではないですか？」

景仙の問いはもっともだ。

景仙の妻である香耀は、七尾以上が所属する別宮に勤務している。

稲荷界はなぜか人に変化《へんげ》できるレベルの女子の数が男子に比べると異常に少ないのだが、その代わりなのか、七尾以上の能力を有することは確定なのだ。

そのため、別宮には女子稲荷が多数所属し、その女子稲荷と常連稲荷たちは、以前あわいの地で行われた祭りで連絡先を交換し合っている。

順調に交際に至れてはいないのだが、連絡先だけなら知っているのだ。

「景仙殿、よく考えて？　普段だって何か用件がなければ連絡を取らないような関係性で、いきなり『こぎつねちゃんたちを銭湯に連れていってほしいんだけど、お願いできない？』なんて連絡できると思う？　できるようなら、男女交際手前で地団駄《じだんだ》踏むレベルで足踏みしてないのよ？」

時雨はにっこり笑っているが、若干《じゃっかん》黒いオーラが出ている。

「時雨殿、笑顔で脅《おど》すのはやめなさい」

やれやれ、と言った様子で常盤木が言う。

「はぁい。とりあえず、アタシたちのヘタレゆえって思ってくれていいから、香耀殿を通してほしいのよ。一週間くらい、日替わりでお手伝いお願いできたらって」

「別にかまいませんが……」

「景仙殿、できるだけアリ寄りのアリになる感じで話振ってよー？　もし別宮の女の子たちが手伝ってくれるなら、今度こそそれきっかけで、ちょいちょい話ができるように頑張るからさー」

濱旭が目を輝かせて言い、他の独身三人も強く頷く。

「……努力はします」

景仙は控えめな返事にとどめる。

――唯一の妻帯者って、大変だなぁ……。

秀尚はそんなことを胸の内で呟きながら、今度、景仙にだけ何かお土産を作ってこっそり渡そう、と思うのだった。

◆◇◆

その夜、居酒屋の時間が終わり、景仙は帰っていったが、残り四人と一緒に稲荷湯へ行くことになった。

片づけを手伝ってもらってから、それぞれ風呂の道具や着替えを準備しに一旦《いったん》解散し、十五分ほどしてから再び店で合流し、その後、稲荷湯への扉がある常盤木の部屋に向かった。

ノックをし、失礼します、と声をかけるとすぐにどうぞと返事があり、ドアを開けると、そこは去年とはまた違う造りになっていた。

去年は小さな引き出しがたくさん並んだ箪笥と、お茶を飲むカウンター、そして一組の丸テーブルとイスがある小さな『店』という感じだったが、今回は三畳ほどのスペースに、二つ扉があるだけの空間だった。

「去年と、随分違うんですね」

そう言った秀尚に、常盤木は微笑んだ。

「去年は『懐かし屋』の営業をしていましたからね。今は休業中ですから」

どうやら内装は自在に変えられるようだ。

「あちらの引き戸が『稲荷湯』の入口です。こちらのドアは私の私室のドアです。こちらのドアは私以外が開けようとしても開かない仕様になっています。これから稲荷湯に行かれる時は、私に断《ことわ》らず好きな時間にここを通っていってくださって結構ですよ」

「ありがとうございます」

「では、行ってらっしゃい」

常盤木に送り出され、秀尚たちは稲荷湯へ続く引き戸を開いた。

するとそこはもう稲荷湯の玄関を入ったところで、水晶玉で見た木製の蓋つき靴箱が両サイドの壁にずらりと並んでいた。

「何番に入れるかなー……」

さっそく草履《ぞうり》を脱いだ陽炎が靴箱の番号を選ぶ。

「お、七番が空いてるじゃないか。ラッキーセブンといくか」

陽炎はそこに草履を入れ、蓋《ふた》を閉めると、やはり木でできている鍵を引き抜く。

「じゃあ僕は末広がりの八番にしようかな」

そのすぐ下を冬雪が取る。

濱旭と時雨もそれぞれ好きな番号を選び、秀尚は適当に開いている場所に入れた。

そして男湯の暖簾がかかっているほうの引き戸を開けると、番台には、人間の年齢で言うなら三十代半ばくらいだろうか、長めの髪を後ろで一つにくくったワイルド系のイケメン稲荷が座っていた。

「お？　新顔だな。いらっしゃい」

声も渋《しぶ》いイケボである。

「常盤木殿の紹介で来たんだ」

陽炎が言うと、番台稲荷は頷いた。

「ああ、常盤木のじい様の。話は聞いてるが、人間が来るのも随分久しぶりだ。まあ、ゆっくりしてってくれ」

その言葉に、全員、中に入った。

天井には四枚羽根のファンがゆっくりと回り、風を送っている。壁際にはさっきの靴箱を大きくした感じの木製ロッカー、少し奥にはマッサージチェアがあり、ふと振り返ると入口の横には冷たい飲み物が並んだガラス戸の冷蔵庫があった。

「秀ちゃん、どうしたの？　呆《ほう》けちゃって」

立ち尽《つ》くしている秀尚に、ロッカーを開けながら時雨が声をかけた。

「あ、いえ……なんか、懐かしいって思って」

秀尚の言葉に、

「分かるー！　昭和《しょうわ》って感じだよね！」

濱旭が言いながら服を脱いでいく。見れば陽炎もすでに上半身を脱いでいるところで、秀尚と目が合うと、

「どうだ？　意外に筋肉があるもんだろう？」

若干ドヤ顔で胸を張ってくる。

「確かに想像と違ってました。もっと鶏ガラボディーで肋骨とかゴリゴリに浮いてるかと思ってたんですけど……」

細いのは細いが、それでもちゃんと筋肉はついている。

その隣で濱旭がマッスルポーズを決め、

「大将、俺の筋肉も見て！」

無邪気に言ってくる。

ノリが完全に高校生である。

その奥ではすでにすべてを脱ぎ終えて腰にタオルを巻き、全身鏡に体を映した冬雪が、腰のあたりをつまみ、

「もうちょっとここを絞《しぼ》りたいんだよね…」

と真剣な顔をしている。

そして時雨は――かなり豪快に脱いでいくタイプで、前も隠さない勢いで、ついでに言えば結構ないい体をしていた。

「ちょっと、時雨殿。せめてタオル腰に巻いてよ」

濱旭が指摘すると、

「どうせすぐに外すのに？」

男前な返事をしてくる。

「時雨殿ならタオルで胸から下まで隠すと思っていたが」

陽炎が予想と違ったな、とでもいう様子なのに、

「だから、オネエなのは擬態だって言ってるじゃない」

時雨はそう言うが、持ってきたお風呂グッズの女子力は高かった。ボディースポンジだけで二種類、シャンプー、リンス、ボディーソープはお高そうなパッケージのもので、さらにはボディーローション、ボディーオイル、シートパックなどなど、持ってきたプラスチックの籠《かご》にはいろいろ詰められていた。

——擬態のために、ここまで徹底する？

と疑問がないわけではないが、とりあえず突っ込まず、秀尚は服を脱いだ。

そして、全員でいざ浴場へと入ると、奥に、大きな湯船がズドンとあり、そこから浴場を半分に仕切るように、中ぐらいの大きさの湯船、そして手前に浅くて小さな湯船と続いていた。

両サイドにはずらりとシャワーと蛇口《じゃぐち》のついた洗い場が並び、隅には使い終えたイスと

桶《おけ》が積まれていた。

そして壁のタイル絵は富士山である。

この時間――十一時を回っている――にもかかわらず、入浴中の稲荷は四人いた。彼らは新たに入ってきた中に人間の秀尚がいるのにすぐ気づき、

「おおー、ここで生身の人と会うとは」

「加護持ちか？」

やや興奮した様子で声をかけてくる。

「加護持ちではあるが、協力者だ」

陽炎は言いながら、持った桶で湯船の湯をすくい、かかり湯をする。

「え、ちょっと陽炎殿、尻尾出したまんまだよ？」

少し慌てた様子で冬雪が言うが、陽炎は気にした様子もなく、

「俺は基本、出す派だ」

そう言ってかかり湯を続ける。

ふっさふさの陽炎の尻尾のうち、かかり湯で濡れた二、三本がしぼんでいて、

「飼い主に無情にシャワーをかけられたプードル」

その見た目から連想したことを秀尚が口にすると、

「ちょっ、大将やめてよ、想像しちゃうじゃん」

濱旭は堪えきれない笑いを、必死で抑えながら言ってくる。

「尻尾、濡らしちゃうと乾《かわ》かす時大変じゃない」

そう言った時雨は尻尾も耳も隠れている。というか、時雨と濱旭は最初から耳も尻尾も出してはいなかった。

おそらく人界生活が長いので、普段は出さないのが習慣づいているのだろう。

そして冬雪を見ると、冬雪も耳はまだ出ているが尻尾はしまわれていた。

見てみると先に入っていた稲荷のうち三人は尻尾が出ていて、湯船から濡れて細くなった尻尾が覗いている。

秀尚が見ているのに気づいたのか、その尻尾を手を振るように揺らしてくるので、妙におかしくて笑いそうになって、秀尚は俯《うつむ》き、とりあえずかかり湯をして、中くらいの大きさの湯船に五人で入る。

「三人は尻尾は洗わない派なのか？」

湯船に落ち着くと、陽炎は冬雪たちに聞いた。

「アタシは家のお風呂だと尻尾出したら邪魔だから、もうしまったまま入るのが習慣化してるわね」

「俺もそう」

時雨の返事に濱旭も同意する。

「僕はその時の気分かな。時間に余裕のある時は全部洗うけど……」

冬雪の言葉に、秀尚は首を傾げる。

「しまったままだと、尻尾だけ洗えてない的な感じになるんですか？」

人間で言うと、髪を洗う日と洗わない日がある、というような感じだろうか？　と思ったのだが、

「しまってても、体を洗ってれば大丈夫っていうか、一緒に綺麗にはなるよ。でも感覚的に全部濡らして洗いたいって時もあるから。でもそうしちゃうと後でちゃんと乾かさないといけないから、億劫《おっくう》に思えることもあるんだよね」

冬雪はそう説明する。

「そうなんですね。でも確かに、あのふっさふさの尻尾を全部拭《ふ》いて乾かすってなると、確かに面倒って思っちゃいますね」

「そうなんだよねー。泡を洗い流すのも結構時間かかるし」

濱旭も手間に思っている部分をあげる。

「そうか？　慣れだがなぁ」

陽炎がそう言って首を傾げる。

そんなことを話しながら軽く体を温めてから湯船を出ると、それぞれ洗い場へと移動した。髪を洗い終えた秀尚が体を洗いかけると、

「お背中流します？」

時雨がすっとやってきて、わざと色っぽい声で聞いてきた。が、時雨は背も高いし、脱衣所でも思ったが筋肉のちゃんとついた綺麗な体をしている、つまるところ、デカいし（身長が、だ）、普通に男の人だと思う。人ではないが。

「あー、せっかくなんで、お願いします」

秀尚が言うと、時雨は秀尚の後ろに膝をついた。

「やわらかめのにする？　それともしっかりめで？」

「じゃあ、やわらかめで」

秀尚が言うと、時雨は海綿スポンジを取り、自分の使っているボディーソープをつけて泡立て始める。

「あ、いい匂い」

「でしょ？　女子会仲間に薦められて買ったんだけど、夏場にはちょうどな甘すぎない匂いなのよね」

そう言うと丁寧に秀尚の背中を洗っていってくれる。

それを見ていた陽炎が、

「時雨殿、次は俺も頼む」

頼んでくる。それに時雨は、

「……いいわよ」

微妙な間を空けて返す。その間が気になったが、突然言われたからだろうと気にしないことにした。

「はい、秀ちゃん終わり。他にかゆいところある？」

「いえ、大丈夫です、ありがとうございました」

礼を言うと、時雨はどういたしまして、と言ってウィンクをよこしてきた。

「さて、陽炎殿、背中ね」

時雨は隣の洗い場で待っていた陽炎の許に向かう。

「ああ、頼む」

陽炎がそう返すのを聞きながら、秀尚が足や腕を自分のスポンジで洗い始めた直後、

「いたたたたたたたっ！　痛い痛い痛い痛い！　時雨殿！　痛い！」

陽炎の悲鳴が上がり、そっちを見ると時雨は秀尚に使った海綿スポンジではなく、垢《あか》すり用のタオルで陽炎の背中を全力で擦《こす》っていた。

「逃げないの、ほら、大人しくして！」

時雨は逃げようとする陽炎の手をいとも簡単に掴んで関節を決め、容赦なく垢すりを続ける。そもそも陽炎よりも時雨のほうが背も高ければ体格もしっかりしているので、陽炎が逃げることは難しそうだった。

その様子に濱旭が爆笑し、湯船でまったりしていた稲荷たちも面白い見世物が始まったとばかりに笑っている。

とはいえ時雨もそう長く続けるつもりはないらしく、一分程度、陽炎の背中を擦った後解放した。それに陽炎は椅子から落ちるようにして逃げる。

「ああああああ、俺の柔肌《やわはだ》が……」

「大袈裟ね。適切な力で擦ってるわよ。海綿を想像してたから、落差で強く感じただけで」

そう言う時雨に、

「時雨さん、もし俺がしっかりめでお願いしたら、それで洗ってくれてたんですか？」

秀尚は問う。

「ううん、しっかりめだと、こっちのナイロンスポンジよ」

「じゃあ、その垢すりタオルは……？」

「かかととか、膝とか、肘《ひじ》とかの角質用ね」

さらりと答えてくる。

どちらにしても時雨もそれを背中を擦ったりするためには使っていないらしい。

「ひどい……因幡《いなば》の白兎《しろうさぎ》になった気分だ」

「だから、皮をはぐまでやってないでしょ？」

恨みがましげな陽炎に、悪びれもせず時雨は返す。

——この人たち、神様のはずなんだけどなぁ……。

そんなことを思いながら、体を洗い終えて再び湯船に戻る。

なんだかんだで面倒見のいい時雨は、その後、陽炎の尻尾洗いも手伝ってやり——冬雪と濱旭は巻き込まれないように、最初から湯船を挟んで逆側の洗い場を使っていた——二人で湯船に入ってくる。

夏なのであまり温まりすぎることなく、適度なところで湯船を出て脱衣所に向かった。

秀尚が下着とパジャマズボンを身に着けた後、タオルドライした髪を簡単にドライヤーで乾かしていると、陽炎が備えつけの冷蔵庫からフルーツ牛乳を人数分購入して両手に持ち、やってきた。

「風呂上がりに冷たいのをキューっとどうだ」

「え！　陽炎殿のおごり？」

濱旭が目を輝かせて問う。

「ああ、無論だ」

陽炎はそう言って、秀尚や冬雪、時雨にも渡す。

「あら、気前いいのね」

慣れた様子でシートパックを貼りつけたスケキヨ状態で、女子力の高さを見せながら時雨が言う。

「まあな。その代わりと言っちゃなんだが、尻尾を乾かすのを手伝ってくれ」

風呂から上がって脱衣所に入る前に、慣れた様子で尻尾をぶるぶる振るって水分を飛ばしていたので、雫《しずく》が滴《したた》るようなことにはなっていないが、濡れそぼったプードル状態は継続されていた。

「長毛系の犬とか猫とかシャンプーする動画見るたびに思うけど……本体って結構小さいんだなって再認識するよね」

しみじみ呟く濱旭の言葉に、秀尚はフルーツ牛乳を噴きそうになり慌てて口を手で押さえた。

その後、みんなで陽炎の尻尾をドライヤーで乾かしてから、常盤木の部屋に戻ってきた。

戻る頃合いと踏んでいたのか、そこには常盤木がいた。

「おかえりなさい、どうでしたか？」

「おかげさまで、ゆっくりさせてもらいました。銭湯って、数える程度しか行ったことなかったんで、楽しかったです」

秀尚が言うと、常盤木はにこにこしながら、

「それはよかったです」

「フルーツ牛乳を陽炎さんがごちそうしてくれたんですけど、飲み物は有料なんですね」

銭湯は無料なのに、そこは有料なんだな、と思ったのだが、

「ああ、飲み物は銭湯に来る稲荷のリクエストで仕入れているので、どうしても有料なんですよ」

そう説明されて納得した。

「そうなんですね。大きなお風呂でゆっくり入れて、よかったです。これからお世話になります」

秀尚が言うと常盤木は「伝えておきますね」と微笑んだ。

それに軽く頭を下げ、秀尚たちは常盤木の部屋を出た。

「じゃあ、俺たちも帰って寝るかー。加ノ原殿、おやすみ」

陽炎は軽く言って、階段を下りていくと、冬雪、時雨、濱旭も「お休み、また明日」と階段を下りていった。

秀尚はそれを見送ると自分の部屋に戻った。

そして布団を敷き、そこに横たわって、

——稲荷湯、か……。

すっかり人生が面白いことになってるなぁ、と今さらながら思いつつ、秀尚は目を閉じた。

五

「さーて、今日も一日よく働きましたっと！」

閉店時間を迎え、秀尚は店の暖簾をしまい、片づけと夕食の準備をする。

すでに仔狐たちの分は送り終えているので、常盤木と自分の分だ。とはいえ、あわいに送ったものの残りを使い回したり、少しアレンジする程度なので、特に手間を感じることはない。

「常盤木さーん、夕ご飯にしませんか？」

廊下からドアをノックして声をかける。常盤木がもう一つ奥の部屋にいたとしても、ここからの声かけで聞こえることは確認ずみで、常盤木は少しすると出てきた。

「いつもすみませんねえ」

「いえいえ、簡単なものしか準備してないので」

そんなことを話しながら階下に下り、厨房の配膳台で一緒に食べる。

「今日も随分と忙しかったようですが、暑いですし、体調は大丈夫ですか？」

「はい！　おかげさまでなんか、すごい快調です」

稲荷湯に初めて行ったのは一昨日の夜だ。

もともと寝起きはいいほうだが、昨日起きた時も今日も、いつもにまして目覚めがよかった。

――稲荷湯の効能かなぁ……。

そんなことを思いながら、常盤木と食事をする。

常盤木は『懐かし屋』があった前回と違い、今回は外に出かけていくこともある。昨日は上の神社まで散歩に出かけ、今日は裏庭で草むしりをしてくれていて、その後は秀尚の部屋でクーラーを入れてテレビを見ていた。

まるっきり、悠々自適なおじいちゃんな生活である。

――なんか和むんだよなぁ……。

秀尚はそんなことを思いながら夕食を終える。常盤木は夕食を終えると自分の部屋に引き揚げていった。

秀尚はそのまま厨房で明日の仕込みと居酒屋の準備である。

それらがある程度整った頃、常連稲荷たちがやってきた。そしていつもどおりの宴会が始まって少しした頃、

「先日、話していた子供たちを銭湯に連れていく話なのですが」

景仙が切り出した。

「おお、香耀殿はなんて？」

陽炎は腰を浮かしかねない勢いで問う。

何しろ別宮女子との関係性の進展がすっかり頓挫《とんざ》している彼らは、今回のことをきっかけにしたいのだ。

「実は、近々、妻を含めて数名の女子稲荷の皆様が一週間程度、旅行に出かけることになっていまして、その期間と子供たちが稲荷湯に行く期間を合わせることができるなら、十重と二十重は旅行に同行させたいという話になって、今、薄緋殿の回答を待っているところなんです。十重と二十重の二人を別行動させることを、他の子供たちが不公平だと言うかもしれませんし、二人がみんなと一緒がいいと言うかもしれませんし」

「だが、もし問題なしとなれば、女子稲荷は来ないのか？」

陽炎が言うのに景仙は『おそらく』と頷く。

それに、あからさまに陽炎の尻尾が垂《た》れた。

「……いい機会だと思ったんだがなぁ」

「諦めるの早いよ。十重ちゃんと二十重ちゃんが、みんなと一緒がいいって言ったら、多分別の手段っていうか、旅行に行かない女子稲荷さんが来てくれるかもしれないし！」

濱旭は一縷《いちる》の望みをかける。

しかし、次の子供たちが加ノ屋にやってきた日、

「かのさん、こんど、わたしたち、じょしいなりさんたちとりょこうにいくの！」

「じょしかいなのー」

十重と二十重は、嬉しそうに報告し、一縷の望みすら絶たれたのを秀尚は知る。

そして浅葱や萌黄たちは、

「そのあいだ、ぼくたちは、いなりゆへいくんだよ！」

「かのさんも、いっしょにいくんですよね？」

こちらもにこにこ楽しそうである。

こうして秀尚のお盆休みは女子稲荷たちの旅行に合わせることになり、翌週月曜から加ノ屋は一週間少しの、遅く、やや長めのお盆休みに入った。

◆◇◆

初めて子供たちと稲荷湯に行く日がやってきた。

加ノ屋はお盆休みに入っていたが、子供たちが朝からやってくるのはこれまでどおり、

本来の加ノ屋の休業日だけである。

そのため、この日、秀尚は子供たちの食事作り以外の時間は、普段おろそかになりがちな部屋の掃除をして過ごした。

そして夕方、

「かーのーさーん」

秀尚が部屋で常盤木と一緒にお茶を飲んでいると、浅葱が元気よく襖を開けて入ってきた。それに他の子供たちも続く。

「おー、来たか」

「今日も元気ですねぇ」

常盤木も目を細める。そして子供たちの最後に夏藤が入ってきた。

夏藤は常盤木に気づくと、どこか気まずそうな顔をして頭を下げた。

「ご無沙汰しております、常盤木殿」

「ええ、本当に久しぶりですねぇ。最後にお会いしたのが、正式に本宮におあがりになった時でしたから……ああ、もう本当に随分と前ですねぇ」

常盤木は目を細め、成長した孫を見るおじいちゃんの様子で言う。

「少し前から萌芽の館の任務に就かれていると聞いていますが、この子たちの世話は意外と大変でしょう？」

常盤木の言葉に、

「たいへん?」

「なつふじさま、たいへんですか?」

豊峯と萌黄が夏藤を見上げて言う。

「そんなことはありませんよ」

夏藤はそう返して、そっと二人の頭を撫でる。それに二人は嬉しそうに笑う。

子供たちのほうはもうすっかり夏藤がいることに慣れて、懐いている様子なのが分かる。

それに常盤木は微笑んで、

「夏藤殿は、何においても手際のよさを発揮できる方でしたからねぇ」

と、夏藤のことを褒める。

「いえ、そんなことはありません」

夏藤が謙遜《けんそん》すると、今度は浅葱と殊尋が、

「なつふじさまは、すごくきようだよ!」

「このまえ、かぶとむし、おりがみでつくってくれた!」

キラキラした目で言う。

「たいしたことでは……」

「薄緋殿も、夏藤殿がお手伝いなら随分助かっておいででしょう」

謙遜する夏藤に、相変わらず微笑みながら常盤木は言うが、

「まだ、至らないことばかりで……かえって薄緋殿の手を煩《わずら》わせています」

夏藤は俯き言う。

その夏藤の様子は「謙遜」を通り越して、むしろ「卑屈《ひくつ》」さを感じてしまいそうになるものだった。

――なんだかなぁ……。

秀尚が首を傾げそうになった時、

「悪い悪い、待たせたな」

押し入れの襖が開き、そこから珍しく陽炎が現れた。陽炎に続いて、冬雪、景仙も出てくる。

「今日は皆さんで引率ですか？」

狐姿含めて八人の子供に対して引率が秀尚を入れて五人である。いささか多いような気もしたのだが、

「初回は子供たちが興奮するだろうしね。多いくらいでちょうどだと思って」

冬雪が言う。確かに、興奮した子供たちが不測の事態を引き起こすこと――濡れたタイルの上を走って転んだり、楽しさに舞い上がって湯あたりしたり――は十分考えられるので、多いに越したことはないだろう。

「では行きましょうか」

常盤木はそう言うと、秀尚の部屋を出て廊下を自分の部屋に進む。その後を子供たちが、自分の着替えの入ったお揃い唐草《からくさ》模様の風呂敷《ふろしき》——以前、里帰りをする時に各自に配ったものだ——を持ってついていく。

「こっちの扉が、お風呂への扉ですよ」

常盤木に案内された子供たちは、ワクワクした様子で扉を見つめる。

「では行ってらっしゃい」

常盤木がそう言って引き戸を引いた。

「わぁぁ、いっぱいひきだしがある！」

「まえの、じじせんせいのおへやみたい！」

子供たちは銭湯の木製の靴箱に興奮した。

「引き出しじゃなくて靴箱な。靴を脱いだら、ここを開けて中に靴を入れる。蓋を閉めたらこの鍵を引き抜くんだ」

陽炎が子供たちに教えると、子供たちは言われたとおり靴を脱ぎ、それから真剣な顔でどこに入れるか悩む。

「いちばんうえにいれたい」

実藤が背伸びをして手を伸ばすが全然届いていない。

「自分で出し入れできる場所にしようか」

秀尚が言うと、実藤は少し唇を尖らせたものの、

「じゃあ、ここ」

すぐ目の前の靴箱を選んだ。

他の子供たちもそれぞれ自分の靴を入れていく。

そしてようやく、脱衣所に入ったのだが、子供たちのテンションはさらに上がった。

「みてみて！　うえにおおきなせんぷうき！」

「たなもすごいよ。さっきよりもおおきなくつばこ！」

殊尋と浅葱が言うのに続いて、

「あ！　れいぞうこ！」

「ふるーつぎゅーにゅーがあります！」

「こーひーぎゅーにゅーもある！」

豊峯、萌黄、稀永が言う。その言葉に他の子供たちも全員冷蔵庫に張りついた。

「いちごぎゅーにゅーもある……」

うっとりとした様子で冷蔵庫の前から離れない子供たちに、

「ハイハイ、風呂の後でな。ほら、服脱ぎに行くぞ」

陽炎が子供たちを促す。

「元気だねぇ」

笑って言うのは番台のワイルド系イケメン稲荷である。名前は剛秀《ごうしゅう》と言うらしい。一応番台は交代制らしいのだが、秀尚が来る時にはいつも彼が番台だ。

その剛秀の言葉に、

「申し訳ありません、騒がせてしまって……っ」

夏藤が、やや大袈裟に思える悲愴さで頭を下げる。

「いやいや、子供と会うなんて滅多《めった》にないからな。珍しくて仕方ないだけだ」

剛秀が笑いながら言うのに、夏藤はもう一度頭を下げる。

秀尚は夏藤の様子が気にかかったが、とりあえず子供が服を脱ぐのを手伝いながら、自身も服を脱いだ。

脱いだ服をしまう場所を決めるのも、靴をしまった時と同じ感じで子供たちはあそこでもないここでもないとうろうろし、なんとか風呂へと向かう。

そして風呂に足を踏み入れた途端、

「おおきい！」

「やかたのおふろよりおおきい！」

「みっつもおふろがあります！」

目の前の湯船を前に子供たちが声を上げる。

「おやまのえ！」

「ふじさんだ！」

間近で見ようと子供たちが奥へと駆け出そうとした瞬間、

「こらこら、走るんじゃない。転んだら怪我をするぞ」

陽炎――今日は尻尾をしまっている――が窘めると、走り出そうとしていた浅葱と殊尋は足を止める。

萌黄は周囲をぐるりと見渡し、

「じゃぐち、いっぱいです」

そう言うと数えようとし始め、

「かがみもすごくおおきい！」

豊峯も一面に貼られている鏡を指さす。

「おふろでおよげそう！」

そう言うのは稀永だ。

「泳げそうでも泳ぐなよー。ここはプールじゃないからな」

陽炎が釘を刺すと、

「ぷーる？」

「ぷーるってなんですか？」

子供がそもそもな問いをする。

「陽炎殿、やぶへびだったんじゃない？」

苦笑いしながら冬雪は言い、

「まず、かかり湯をしようか。みんな、あそこに積んである洗面器を一人一つずつ持っておいで」

子供たちに指示を出す。夏藤は子供たちと一緒に行って、洗面器を手渡してやっていた。

「ありがとうございます、なつふじさま」

「なつふじさま、ありがとう」

きちんと礼を言って子供たちは洗面器を受け取ると、冬雪のところに戻ってくる。

「おや可愛い」

「仔狐の館の者であろうか？」

湯船に浸かっている大人稲荷たちが微笑ましそうに言いながら、子供たちの様子をじっと見つめる。

子供たちはかかり湯をした後、一番手前の浅くて小さい浴槽に、順番に入る。そこが一番、温度の低い浴槽なのだ。

しかし、子供たちにはそれでもまだやや温度が高く、最初はみんなへりに腰を下ろして足を浸けるところからだ。徐々に慣らしてゆっくりゆっくり入っていく。

当然寿々には熱すぎるので、まず湯船の湯を洗面器に半分ほど入れ、そこに水を足して温度を下げる。その洗面器に寿々を入れてやり、その洗面器を持ったまま秀尚は湯船に入った。

そして寿々の洗面器が沈まないようにしてやりながら、まずは一緒に湯船に浸かり、少しずつ湯船のお湯を洗面器に足して温度に慣らしてやる戦法である。

狐姿の稀永と経寿はそれぞれ夏藤、景仙に抱っこされて湯船に浸かっていた。

他の子供たちは陽炎と冬雪が見ていた。

「すーちゃん、きもちよさそう……」

すぐ側に来た実藤が、洗面器のふちに顎《あご》を乗せて目を閉じている寿々を見て言う。すると、すぐに萌黄が近づいてきて、

「ほんとうにきもちよさそうです……」

嬉しそうに言う。

そうやってしばらく体を温めてから、一度湯船を出た。頭や体を洗うためだ。

狐姿の子供たちは人に洗ってもらわねばならないが、変化《へんげ》できる子供たちは自分で大体は洗うことができるため、それぞれ持参したシャンプーハットをつけて髪を洗い始めた。

それを見ながら、秀尚は寿々を、景仙は経寿を、夏藤は稀永を洗ってやる。

陽炎と冬雪二人で他の子供たちを見るのだが、広い洗い場の開放感に、子供たちは泡を

つけたままで遊び始めてしまう。

「こら、泡遊びをしてないで、ちゃんと自分の頭を洗え」

陽炎は言いながら、子供たちの洗い方の甘い部分を手伝ってやる。

「浅葱ちゃん、遊んでいないで洗いなさい」

稀永を洗い終えた夏藤がシャワーで泡を洗い落としてやりながら、注意する。浅葱に気を取られていると、ちゃっちゃと髪も体も洗い終えた殊尋が湯船のへリを平均台に見立てて歩き始める。

「殊尋ちゃん、危ないから下りて！」

手の離せない夏藤が鋭《するど》い声で止める。

その声に冬雪は殊尋の許に行くと、

「それは危ないからやめよう？」

そう言って抱き上げ、洗い場に下ろし、

「まだ尻尾に泡が残ってるね。おいで、ちゃんと落としてあげるから」

冬雪は手を繋いで殊尋をシャワーに誘導し、きちんと泡を洗い落としてやる。

「すみません、冬雪殿」

稀永を洗い終えた夏藤が冬雪に近づき、謝る。

「夏藤殿が謝らなくていいよ。このために僕たちが来てるんだから」

「それは、そうなんですが……」

恐縮した様子の夏藤の脇で、流してもらった稀永がタイルの上を走っていく。

「稀永ちゃん、走ってはダメですよ！」

と、夏藤が注意した時には、稀永はまだ泡まみれの豊峯にすり寄って遊んでいた。

「おいおい、稀永、せっかく綺麗に泡を落としてもらったのにまた泡まみれじゃないか」

呆れた様子で陽炎が言うと、

「あ、ホントだ！」

悪びれない様子で稀永は言う。

「まったく、しょうがないな、おまえは」

陽炎は言うと、蛇口から湯を出して洗面器に溜め、それを稀永にざっぱんとかけて泡を流す。

「かぎろいさまひどい！　もっとなつふじさまみたいに、やさしくしてよ！」

稀永は抗議するが、

「夏藤殿に優しくしてもらったのに、泡まみれになったおまえさんが悪い」

陽炎は笑いながら言って、豊峯の洗い残しを確認する。

「夏藤殿、こいつらは見てるから、自分の髪や体を洗うといい。交代で洗おう」

「いえ、私は……」

髪や体を洗っている間、子供たちから目を離すことになってしまうのが心配なのか、遠慮する夏藤に、

「そう心配しなくても大丈夫だ。引率は他に四人もいるんだ。十分、目は行き届く」

陽炎が返す。それに、

「むしろ、陽炎さんが率先してしでかさないかどうか、そのほうが心配なんですけど、俺」

すでに寿々も、自分の髪と体も洗い終えた秀尚がさらりと言う。

「一体、おまえさんの中で、俺の印象はどうなってるんだ？　加ノ原殿とは、一度真剣に腹を割って話し合う必要があるな」

肩を竦めて陽炎は返してきて、

「腹を割って話し合うって……だって何かあった時には、真っ先にとまでは言いませんけど、関与を疑ったほうがいいのが陽炎さんじゃないですか」

秀尚は真顔で言う。

「うん、大体そうだね」

そう援護射撃をするのは冬雪だ。

「竹馬《ちくば》の友《とも》がこの冷たさとは……」

やけに演技がかった様子で陽炎はうろたえる。

そんな三人のやりとりを、夏藤が何とも言えない様子で見ているのに秀尚は気づいた。

何を馬鹿なことを言ってるんだ、というようなものではなく、そんな馬鹿なやりとりをしていることを羨《うらや》ましいと感じているような、けれど何かを諦めているような、そんな表情だった。

「夏藤殿、警備中の俺はものすごく格好いいと言ってやってくれ！」

その夏藤のほうに突然向き直った陽炎は、縋るような視線で言う。

「え……？」

突然のフリに戸惑って固まった夏藤に、

「あとでフルーツ牛乳をおごる」

秀尚たちにも聞こえる程度の小声で付け足した。

「ちょっと、そこ、買収禁止ですよ？」

秀尚が突っ込む。

そして、フルーツ牛乳という言葉は子供たちにも聞こえていたらしく、

「ふるーつぎゅーにゅーのむの？」

まだ泡だらけの浅葱が目を輝かせて聞いた。

「とよはこーひーぎゅーにゅーがいいなぁ」

「ぼくは、ふるーつ…でも、こーひーも……」

萌黄が悩み始める。

「待て待て、今じゃない。もう一回ちゃんと湯船に浸かって、外に出てからだ」

陽炎が言うと、子供たちは「じゃあ、おふろのなかでなにのむか、かんがえよ？」と言い合う。

「では、体を洗い終わった子たちは湯船に浸かりましょうか」

手早く髪と体を洗い終えた景仙が声をかけ、洗い終わっている子供たちを湯船へと誘導し、秀尚も寿々を連れて湯船に入った。

子供たちが湯船にいる間に、陽炎、冬雪、夏藤の三人は自分の髪と体を洗う。

そして、最後に軽く湯船に浸かると、子供たちを連れて出た。

脱衣所に出ると子供たちは、一目散《いちもくさん》に冷蔵庫に走っていった。

「ふるーつぎゅーにゅー、ふるーつぎゅーにゅー！」

「ぼくはこーひーぎゅーにゅー！」

「あ、おくにみっくすじゅーすがある！」

素っ裸のまま冷蔵庫前に集った子供たちに、

「頭と尻尾を乾かして、着替えてからだ」

陽炎が言うが、子供たちの我慢は限界で冷蔵庫の前から動こうとしない。そのため、結局先に飲ませることになった。

「おいしー！」

「つめたくておいしいねー」

大満足で子供たちが飲んでいる間に、大人は着替えである。

秀尚はTシャツとスウェットパンツだが、陽炎たちは全員、浴衣《ゆかた》だった。

温泉浴衣状態にならない感じでみんなさらりと着ていて、着慣れているのがよく分かった。

——まあ、普段も狩衣《かりぎぬ》っぽいの着てるし……慣れてるっちゃ、慣れてるのかな。

そんなことを思いながら着替え終わる頃には、子供たちも飲み終え、今度は子供たちのドライヤーと着替えだ。

そして全員無事着替え終わると、ようやく帰宅である。

靴箱の鍵を嬉しそうに開けて靴を履く。

一番に靴を履いた豊峯が引き戸に手をかけ開いた瞬間、

「わぁ、ゆうやけ！」

感嘆したような声を上げた。

「え？　夕焼け？」

戸を開ければそこは、常盤木の部屋の中のはずなのだ。

なのに夕焼け？

疑問に思った秀尚が顔を上げると、引き戸の外には、普通の人界と同じ風景が広がっていた。

「え、なんで？」

驚いているうちに子供たちが外に走り出していってしまう。

「みんな、待って。いけませんよ」

寿々を抱いた夏藤が急いで追いかけていく。

「あー、反対側の戸を開いちまったのか」

陽炎が言った。

「反対側？」

「ああ、来た時は男風呂側の引き戸を開いて入ってきたかたちだったんだ」

銭湯の入口の引き戸は引き違いの二枚開きになっている。右から開けば正面が男湯だし、左から開けば女湯が正面なのだ。

常盤木は男湯が正面になる右側の扉にリンクしてくれていたようだ。

「リンクしていないほうの外っていうのは……？」

秀尚が問うと、

「出てみりゃ分かる」

そう言って外を指さした。子供たちも出ているし、危なくはないのだろうと思って外に出ると、そこは夕焼け空の、穏やかな町の風景が広がっていた。

銭湯の前は舗装された道路。その道路の向こうには川がある。下りていけるようにはなっていないが、川沿いには街路樹の柳《やなぎ》が植えられ、ところどころにベンチがあった、子供たちはそこに座って川を眺《なが》めていた。

柔らかな夕焼け色に染まる空と、それを映す水面《みなも》。

銭湯の隣はちょっとした空き地スペースがあるが、普通に民家らしきものもあり、そぞろ歩きできるような街並みが続いていた。

「……なんか、普通に、『外』だ」

「昭和三十年、四十年、そのあたりの風景でしょうか」

景仙が言う。

「なんか、懐かしいです」

秀尚は平成《へいせい》生まれで、こういう光景は実際に見たことがない。

それでも「懐かしい」と思わせるものがある。それが不思議だった。

「こういうところを、可愛い嫁さんと一緒に浴衣で歩きたいもんだよなぁ……」

陽炎がしみじみと言う。

「ああ、歌にもあるよね。一緒に風呂屋に行って、どうこうっていうの」

冬雪も同じくしみじみ言う。

それに頷きかけて、秀尚は、

――うん？　あの歌って、結局、失恋じゃないけど、結局別れてるっぽい曲じゃなかったっけ？

そんなことを思ったが、とりあえず夢を壊したら面倒くさそうなので黙った。

川沿いだからか、時折風が吹いてきて、そこで少し涼《すず》んだ後、銭湯の玄関に戻り、来た時と同じ戸を開けて、今度は無事に常盤木の部屋に戻ってきた。

「それじゃあ、みんなは俺の部屋で遊んでて。俺はみんなの夕ご飯の準備してくるから」

廊下に出て秀尚が言うと、子供たちは、はーい、といい返事をして秀尚の部屋に入っていく。秀尚は着替える前の服を洗濯機に突っ込んでから、厨房に下りた。

「さて、さてっと」

下ごしらえしておいた食材を冷蔵庫から出し、調理を始めると、

「加ノ原殿、何かお手伝いすることはありますか？」

夏藤が下りてきて手伝いを申し出てくれた。

「子供たちはいいんですか？」

「皆さんがいらっしゃいますので」

「あー、三人いたら、十分ですよね。じゃあ、夏藤さん、手伝ってもらっていいです

か？」

特に手間がかかるわけではないが、せっかく下りてきてくれたので頼むことにした。

「今日は豚《ぶた》の生姜焼きなんで、このお皿に、こういう感じで、このサラダの具材をセットしていってもらえますか？　空いてる部分に生姜焼きを載せていくので」

秀尚が見本に一つ作ると、分かりました、と言って夏藤は作業を始める。

秀尚はその間にタレに漬け込んでおいた豚肉を焼き始める。

「夏藤さん、味見どうぞ」

多めに漬け込んで焼いたうちの一枚を切って、半分を小皿に載せて箸《はし》を添えて差し出した。

「あ、ありがとうございます」

夏藤は秀尚が差し出したそれを戸惑いながら手に取り、口に運ぶ。

「……おいしいです。生姜が強いわけじゃないのに、風味ははっきりしていて」

「そうですか？　よかった。子供たち用なんで、甘めにして生姜も控えめにしてるんです。他の料理も、大体子供たち向けの味つけで作ってるんですけど、夏藤さんは普段の食事で物足りないとかありませんか？」

カレーも甘口だし、麻婆豆腐などもそうだ。

「いえ、いつもおいしくいただいています。加ノ原殿は、本当にお料理がお上手ですね。

「……その、本職の方に言うのは失礼な言葉かと思いますが」

夏藤と直接会うのはまだ二度目だが、それでも夏藤がすごく気遣いをする人だということはすぐに分かった。

「いや、おいしいって言ってもらえるのは、いつでも嬉しいです」

そう言ってから皿を見ると、もう綺麗にサラダの盛りつけが終わっていた。

「うわ、さすがお稲荷様、盛りつけ完璧」

「そんな、見本どおりにしただけです」

夏藤は謙遜するが、

「いや、見本どおりっていうのが結構難しいんですよ。俺、ホテル時代、最初の頃結構注意されました」

サラダならキャベツの千切りの量が多かったり少なかったり、肉料理なら最後のソースのかけ具合などだ。

慣れの問題ではあるのだが、夏藤は特に厨《くりや》で働いていたという話も聞いていないのに、ほぼ同じようにできているのはすごいと思うのだ。

「夏藤さんの器用さを信じて、次の作業をお願いしていいです?」

「なんでしょうか?」

「冷蔵庫に、ジャガイモの冷たいスープが入ってるので、それを汁椀にお願いします」

「分かりました」

簡単な手伝いではあるが、任せることができるとなるとやはり余裕が出る。

秀尚は焼いた肉を順に皿に載せていき、小鉢に冷奴《ひややっこ》を入れていく。

それと夏藤がよそってくれたヴィシソワーズで夕食セットのでき上がりだ。

店の座敷席に運び、子供たちを呼ぶ。もちろん大人稲荷たちも一緒に下りてきたが、陽炎、冬雪、景仙はこの後、居酒屋があるので子供たちの食事のサポートで、一緒に食べる大人は夏藤と秀尚だけだ。

子供たちはそれが不思議だったらしく、

「かぎろいさまたちは、たべないんですか？」

首を傾げて萌黄が聞いた。

「ああ、俺たちはもう少し後でな」

陽炎はそう言ってから夏藤に視線を向けた。

「夏藤殿は、いける口《くち》かい？」

お猪口《ちょこ》を傾けるしぐさをして見せる。

「そう…ですね。そこそこ、いただきます」

その様子からは、飲むには飲むがあまり強くないので、付き合い程度、という感じがした。

陽炎と違い、見た目と中身が一致している様子である。

「じゃあ、一度、夜にここに来ないか？　人界任務に就いてる稲荷も交えて、みんなで飲んでるんだ」

陽炎が誘うと、夏藤は戸惑った様子を見せた。それでも、

「……ありがとうございます。薄緋殿の了承を得られましたら、一度」

断りはせず、前向きな返事をしてくる。

「まあ、酔っ払いたちの宴《うたげ》だ。そう気を張らず来てくれ。つまみがうまいのは請け合う。

加ノ原殿の料理だからな」

陽炎が笑って言うのに、

「ナチュラルにハードル上げてくるのやめてくださいよ」

秀尚はため息交じりに返す。

「何を言う、加ノ原殿の料理はどれもうまいじゃないか。な？」

陽炎に同意を求められた子供たちは、口々に、「おいしい！」と声を上げ、

「かのさんのだしまきたまご、だいすき！」

「ぼくはぷりんー！」

「はんばーぐもすきです」

推《お》し料理を挙げ始める。

「そういえば最近ハンバーグ作ってなかったな。じゃあ、明日の夕ご飯はハンバーグにするか」

秀尚が言うと、ハンバーグを推した萌黄がやった！　と両手を上げる。

「はんばーぐに、めだまやきのせてほしい！」

「とうもろこしのすーぷもつけて！」

子供たちからリクエストがバンバン上がる。

「食べながら、明日の晩飯のことを考えられるのって、若さだよね……」

膝の上に抱っこした寿々に、寿々専用生姜焼きの混ぜご飯を食べさせながら、冬雪はやや遠い目をして言う。

「やめろ……急に年を取った気持ちになる」

呟く陽炎に笑いながら、みんなで楽しく夕食をすませる。

子供たちはその後、夏藤と一緒に館に帰っていき、秀尚たちは厨房に移動した。

陽炎は即座にビールを冷蔵庫から出し、秀尚も突き出しに準備しておいた冷奴と枝豆を出す。

「何かご飯系、食べます？　一応、大人向けの生姜焼きも準備してるんですけど、それはキャベツと一緒に炒めて後で出そうと思ってて」

いつも彼らが来るのは八時頃だ。そのため、先に何か軽く食べるのかと思って聞いたの

だが、

「いや、今はこれでいい。時雨殿と濱旭殿が来てから出してやってくれ」

「加ノ原くんも、少しゆっくりして。加ノ原くんも『休暇』なんだから」

冬雪にねぎらわれ、じゃあ、お言葉に甘えて、と秀尚もイスに座して、陽炎が差し出してくれたビールを飲む。

「十重と二十重は今頃、女子稲荷たちと楽しく過ごしてるんだろうなぁ……」

陽炎が長めのため息をつきながら言った。

「景仙殿、香耀殿たちはどこに？　海外？」

「いえ、国内ですよ。詳しいことは聞いてないんです」

「え！　まさか会話のない夫婦？」

冬雪が驚いた様子で問うのに、景仙は頭を横に振った。

「そういうわけではないんですが……連絡を取ろうと思えば水晶玉ですぐにできますし、緊急の場合、『場《ば》』を開いて戻ることもできるわけですから、あえてどこに行くのかは聞きませんね」

「夫婦ってそんなもんなのか？」

「銀婚式を超えて久しいですから……」

景仙の言葉に秀尚は驚いた。

「え！　もう結婚して二十五年以上なんですか？」

「そうですよ」

「うっそ……。それで、あんな新婚さんみたいな雰囲気なんですか？」

以前、あわいの地での祭りで香耀と一緒のところを見たが、香耀はまさに「新妻」という感じで、新婚カップルっぽいなと思っていたのだ。

「景仙殿のところは、香耀殿が景仙殿にベタ惚《ぼ》れだからね……」

冬雪がそっとオブラートに包んだ『羨ましさ』だが、

「ああああああああ！　超羨ましい！」

陽炎は秒でそのオブラートを取り払った。

「何が羨ましいのよ、アタシの美貌《びぼう》？」

そう言ってやってきたのは時雨だ。

「あ、いらっしゃい、時雨さん」

「ただーいま。ああん、今日も疲れたー」

時雨が言いながら定位置につき、陽炎が時雨のグラスにビールを注いだ時、

「大将、ただいまー！　お腹すいたぁ！」

元気に濱旭がやってきた。

これで居酒屋常連メンバーが揃い、秀尚は時雨と濱旭に冷奴を出すと、料理を作り始め

る。

予定どおり、豚肉の生姜焼きとキャベツの炒めものを出し、続けて茹でた鶏むね肉を薄切りにして、大葉と大根おろしで和えたものを出す。

「お好みでポン酢か、醤油でどうぞ」

そう言って秀尚が出すと、濱旭は即座にご飯をよそいに向かう。

こうしていつもどおりの居酒屋が始まり、少しした頃、

「ねえ、今日、子供たちを連れて銭湯に行ったんでしょう？」

時雨が聞いて、そこから子供たちの話になった。

「ああ、もう大はしゃぎだぞ」

「居合わせた稲荷たちも目を細めててね」

陽炎と冬雪が言うのに時雨と濱旭は頷く。

「普段、仔狐ちゃんたちとなんて、触れ合う機会、滅多にないものね」

「本殿《ほんでん》に上がる見習いは、もうそこそこの大きさだし」

二人の言葉に、秀尚は首を傾げる。

「あれ？　本宮にも、小さい子たちいるんじゃないんですか？」

あわいにいる子供たちも、もう少し大きくなれば、本宮にある養育施設に送られると聞いていたのに、触れ合う機会がないというのはどういうことなのだろう。

「基本的に俺たちがいるのは本宮の中の本殿って呼ばれる場所なんだ。本殿の外に、子供たちのいる施設があって、子供たちが本殿に来るのは大きな祭りの時だけでね」

「だから普段は、顔を合わせる機会ってないんだよね。見習いとして本殿に上がってくる子は、人で言うと十二、三歳かな。まあ個神差があるんだけどさ」

濱旭と冬雪が説明してくれた。

「まあ予想していたよりも、大人しかったぞ。引率の夏藤殿は、神経を尖らせてて気が気じゃない様子だったが」

陽炎が言うのに、冬雪と景仙も頷く。

「ちょっと神経質だったかな。まあ、タイルは滑りやすいから、危ないっていえば危ないんだけど」

「でも、必要以上に気を回しすぎだ。これまでどうだったのかは知らんが、以前からあの調子だったんだとしたら、神経をすり減らすのも無理ないだろうな」

静かな声で言った陽炎に、

「そうだね……本当に繊細で、陽炎殿と真逆みたいな子だもんね」

冬雪が呟く。それに陽炎はこくりと頷きかけて、

「おい、うっかり頷くところだったじゃないか」

そう言って笑う。

「でも、必要以上に気を回しすぎっていうのは、分かる気がします。夕ご飯の手伝いしてもらってたんですけど、その時に、俺の料理を褒めてくれたんですよね。料理が上手だって」

秀尚が言うと、

「おまえさんの料理がうまいのは、いつものことだろう？」

「うん、大将の料理、いつもおいしいよ？」

陽炎と濱旭が言う。

「ありがとうございます。でもそう言った後、夏藤さん、本職の料理人に『料理が上手』なんて失礼な言葉だったかもみたいなこと言ったんですよね。俺は普通に嬉しかったから、全然気にしなかったんだけど、考えてみたら自分の言った言葉が持つ別の意味みたいなことにまでいつも気を遣ってんのかなって。だから、そういう言葉が出たんだなって思ったら、結構窮屈《きゅうくつ》だろうなって」

秀尚が言うのに、時雨は頷いた。

「まあ、言葉の受け止め方にはその人の過去の経験や思い込みも関係してくることはあるから、人界での任務だと、特にそんなつもりで言ったんじゃないのにってことはあるわ」

「それに、顔を合わせて言ってるなら、表情とか声のトーンとかでそこに悪意があるかどうかっていうのは分かるけど、メールとかの文章だけだと、どういうことだよってケンカ腰になっちゃう人、結構いるんだよね」

人界任務の時雨と濱旭は互いにそう言って「あるある」と頷き、

「濱旭殿の話だと、夏藤殿ってもともといろんなところに気の回る子みたいじゃない？　人界でも、その気遣いが出ちゃってたなら、多分、いろいろ『しんどい』ってことはあったと思うわよ」

時雨はそう言って一度言葉を切ってから、続けた。

「人界任務って、向き不向きがはっきり出るのよね。『見て見ぬふり』ができないと務まらなかったりもするのよ」

それに濱旭も頷き、他の三人も思うところはあるのか静かに頷いた。

だが、秀尚はその意味がよく分からなかった。

「見て見ぬふりって？　暗黙の了解って意味ですか？」

「ううん。実際問題、一応アタシも秀ちゃんたちが言うところの『お稲荷様』だから、ちょっと先の未来予測的なのはできちゃうわけなの。たとえばの話として、会社の友達が今、本当にすごいつらい状況にいるとするじゃない？　出社拒否寸前くらいの追い詰められ具合で、転職を考えてたとして、でも今を乗り越えたら来年は劇的によくなるってことを、アタシは分かっちゃってる。その時にアタシができる友達への助言っていうのは『もう少し頑張ってみなさいよ、つらかったら愚痴《ぐち》も聞くし、手伝えることがあったら手伝うから』ってそのレベルでしかないのよ。ここで我慢すれば一年先にはこうなってる、とか、そういうことは、分かってても言っちゃいけないの。で、結局その子が転職を選ぶとして、その転職先が『ちょっとそこは……』ってことまで分かってても、それも言っちゃダメなの」

「え、そうなんですか？　言ってくれたほうが助かるじゃないですか」

秀尚の言葉に、時雨は困った顔をする。

「基本的にアタシたちがやっていいのは『アドバイス』までなの。その子を導《みちび》くために人界に下りてるわけじゃないから。その子を導くのは、また別の役目の人がいるのよ。軌道修正とか、そのあたりはそっちの仕事ね」

「だから、助言を聞き入れてもらえなくてさ、その後、まあ今よりましだけど、でもなあって状況にいるのが分かった時に『仕方ない』って割り切れるだけの強さっていうか、ある意味冷たさがないと、正直もたないと思う」

濱旭も続ける。

どうやら濱旭も同じようなことで葛藤《かっとう》したことがあるらしく、真面目な顔をしていた。

「だから『いなりちゃんねる』での悩みの八割が『人付き合い』なわけよ。まあ、どこでも悩みの大半は人付き合い関係だと思うけどね」

まとめた時雨に、冬雪は深く頷いた。

「僕も、陽炎殿からのとばっちりが多いと、人付き合いについて考え直そうかなって、時々悩むからね」

「この流れでディスってくるか、普通？」

陽炎は苦笑いをするが、とばっちりに関しては否定しないらしい。

まあ、普段の陽炎を見ていたら、冬雪がとばっちりを食らっているのもなんとなく理解できるが。

「じゃあ、夏藤さんもそのあたりで人界任務の時にいろいろあったのかなぁ……」

よく気がつく夏藤だからこそ、いろいろ傷つくことは多かったのかなと思う。

「そのあたりは分かんないけど、俺、一回、夏藤殿と会ってみたくてさー」

濱旭が言うのに、陽炎は親指を立てた。

「酒を飲まないってわけじゃないみたいだったから、一度ここに飲みに来ないかって誘っておいた」

「さすが陽炎殿！　グッジョブ！」

濱旭も親指を立てて返す。

「どんな子なのかしら？　アタシも会ってみたいわぁ。もうみんなハダカの付き合いしちゃってるわけでしょ？」

時雨が軽くシナを作って言う。

「時雨殿が言うと、若干いかがわしさを感じるんだけど、気のせいかな」

冬雪が言うのに、

「気のせいよぉ。アタシ、結婚するなら女の子って決めてるから」

時雨が笑いながら返したが、秀尚の脳裏に一瞬、ウェディングドレスをまとった時雨が浮かんで、慌ててそれ消し去った。

「裸の付き合いで思い出したけど、大将たち、もう今日は風呂すんだんだよね？」

濱旭が問う。それに陽炎は苦笑いをした。

「すんだのはすんだが、もう一回入り直してもいいかと思ってるぞ。子供たちの世話でいっぱいいっぱいでくつろいで入れたって感じはないからな」

「それは確かに言えるかも。バタバタしちゃってたからね。僕ももう一回入りに行こうかな。加ノ原くんはどうする？」

冬雪が秀尚に振ってきた。

「あ、行きたいです。やっぱりあの時間に入ると、寝るまでにまた汗かいちゃうんで、それを流したいって感じもあるから」

「じゃあ、アタシ、もうここにお風呂道具置いていっちゃおうかしら。秀ちゃん、かまわない？」

「いいですよ。二階の洗面所のとこにでも」

時雨の言葉に、秀尚はあっさり返す。

「なんか、今の流れ、あっさり同棲《どうせい》決まったみたいな感じじゃない？」

時雨が企《たくら》み顔で言うと、

「時雨殿抜け駆けずるいって！　大将と一緒に住みたいのは時雨殿だけじゃないんだから」

濱旭が声を上げる。

「二人とも、胃袋掴まれすぎだろう……」

呆れた、と言いたげな様子の陽炎だが、

「俺は漫画を置いてある部屋に寝袋を置かせてもらおうか」

と宣言し、

「僕はとりあえず枕だけ置かせてもらおうかな」

冬雪も便乗してくる。

それに、秀尚はにっこり笑って、

「荷物を置くのはいいですけど、本体は帰ってください」

ノーを突きつけるのだった。

六

翌日も、子供たちを連れて夕方に稲荷湯へと出かけた。

「きのうふるーつぎゅーにゅーだったから、きょうはなににしようかな」

「みっくすじゅーすおいしかったよ？」

「でも、ふるーつぎゅーにゅーとちょっとあじがにてるかも」

子供たちは冷蔵庫の前に張りついて、風呂上がりの一杯の選定に余念がない。

だが、子供の順応力の高さなのか、テンションは高めなものの、昨日ほど騒ぐ様子はなかった。

それを見越してか、今日の引率は夏藤と陽炎の二人だ。

もう一人来るらしいが、少し遅れるらしい。

とりあえず、風呂上がりの飲み物を決めた子供たちは服を脱いで入浴準備を整える。そして浴場への扉を開けた子供たちは、そこにある光景に声を上げた。

「わぁ！　あひるさんたちがいる！」

「ほんとうだ、あひるさんだ！」

なんと、三つの湯船にはそれぞれに数個ずつ、アヒルのおもちゃが浮かんでいたのだ。

そして、なぜか、昨日より入浴中の大人稲荷が多い。

「おー、来たな」

「おや、本当に小さい」

入ってきた子供たちを見ながら、微笑ましそうに言い合う。

そんな彼らに、

「少し騒がせるが、すまないな」

陽炎が軽い口調ながら、了承を取る。

「ああ、かまわん。というか、今、ここにいるのは、子供たちが来ると聞いて楽しみにしていた連中ばっかりだ」

湯船にいた稲荷が答える。

「そうなのか？」

「昨日、剛秀殿から、しばらく子供たちがここに来ると聞いてな。ちらっと漏らしたら、この人数だ」

その稲荷の返事に陽炎は、湯船に浮かぶアヒルを見て、

「このアヒルは……」

問うと、その稲荷は頷いた。

「ちょっとしたプレゼントだな」

「そうか、ありがたい」

陽炎はそう言うと子供たちを見て、

「このアヒルはおまえさんたちへのプレゼントだそうだ」

そう説明する。それに子供たちは、わぁっと顔をほころばせると、ありがとうございます！　と口々に礼を言う。

その様子にも湯船の稲荷たちは「可愛いなぁ」「可愛い…」と目を細める。

子供たちは昨日のように、かかり湯をしてからゆっくり湯船に浸かった。そして体を洗うために湯船から上がろうとした時、

「待たせたな」

そう言って、新たに浴場に姿を見せたのは、暁闇《あけやみ》だった。

「あ！　あけやみさまだ！」

「あけやみさま、こんにちは」

湯船から上がった子供たちが、走ってはいないが歩いてもいない、注意されないギリギリのレベルの速さで暁闇の許に向かう。

「もう上がるところか？」

「ううん！　いまから、からだあらいます」

豊峯が元気に答える。

「そうか。では、手伝おう」

暁闇はそう言うと豊峯と一緒に積んであるイスを取りに行く。

――めっちゃくちゃいい体してんな……。

体格そのものは、服を着た状態だと冬雪とそう違わないと思っていた。

そして冬雪が先日、鏡に姿を映しながら腰のあたりをもう少し絞りたいなどと言っていたのを、正直何を贅沢言ってるんだと思っていたのだが、

――多分、冬雪さんの理想体型って、暁闇さんだな……。

そう思わずにいられない、同性から見てもつい見惚れてしまうような均整の取れた体だった。

秀尚がついうっかり、そんなことを思っている間に、他の子供たちも、自分のイスを取りに向かう。それを見て、大きな浴槽にいた稲荷たちが続々と上がって洗い場に出てきた。

「おちびさんたちの手伝いを俺たちもしたいが、かまわないか？」

そう陽炎に声をかける。その言葉に陽炎は夏藤のほうを見た。

「子供たちの責任者は夏藤殿だから、彼に聞いてもらえるか？」

それに夏藤は少し緊張した面持ちを見せた。

「迷惑でなければ、手伝わせてもらえるか？」

「え、あの……」

遠慮しているのか、夏藤が言い淀《よど》む。

「夏藤さん、お願いしましょう。その間に俺たちはすーちゃんたちを洗ってあげられますし」

変化《へんげ》できる子供たちなら、任せても大丈夫だし、向こうから申し出てくれているのなら遠慮しなくてもいいだろうと、秀尚が言うと、夏藤は頷いた。

「お願いします」

夏藤が言うと、上がってきた稲荷たちは子供たちを手招きした。

子供たちは、やや緊張気味に稲荷たちに近づいていったが、すぐに慣れた様子で、それぞれの洗う手順を伝えて洗ってもらい始めた。

少し様子を見ていたが、順調そうなので秀尚たちはそれぞれ、狐姿の子供たちを洗ってやる。

秀尚は寿々を、陽炎と夏藤は稀永と経寿を洗ってやっていた。

思いがけない手伝いを得て、順調すぎるほどに子供たちは髪と体を洗い終え、再び湯船に戻る。

洗うのを手伝った大人稲荷たちは、子供たちの入る一番浅い浴槽の隣にある、中くらいの大きさの浴槽にやってきて、アヒルを手にしながら、子供たちとの更なる触れ合いを楽しんでいた。

その様子を、寿々の入った洗面器を浮かしつつ見ていた秀尚だが、ふいっと視界に入った狐面《きつねめん》をじーっと見た。

その視線に気づいたらしく暁闇は顔を秀尚に向ける。

「なんだ」

「いや、そのお面、ふやけたりしないのかと思って」

見た目の質感は和紙っぽいのだ。貼り合わせてあるのである程度湿気には強いと思うが、それでも風呂の湿度でふやけてもおかしくなないだろう。

「平気だ。防水機能がある」

「え、マジで?」

「そうじゃなければ、つけてこない」

「そりゃ、そうだろうけど……風呂なんだから外すっていう選択肢は…」

「ない」

暁闇は即答してきた。

暁闇は普通の稲荷とは違い、潜入調査などを含めた危険な任務を負う部署に所属している。どんな任務か、どのくらいの期間か、そういったことはすべて極秘という部署で、戦闘になることも珍しくないようだ。

そんな極秘任務を請け負う部署にいるがゆえ、素顔を隠しているらしい――というのが、秀尚がざっくり知っている暁闇の事情である。

とはいえ、暁闇には双子の弟がいて、その弟の宵星《よいぼし》は暁闇が上半分の狐面なのに対し、下半分の狐面をつけているので、二人の顔を脳内モンタージュすれば……なのだが、当の本人たちが気づいている様子がないので、とりあえず秀尚も黙っている。

「さあ、そろそろ上がるか」

子供たちは大人稲荷と楽しくしているが、長く入りすぎるとのぼせてしまうので、頃合いを見て陽炎が声をかけた。

それに子供たちは「はーい」と返事をして、それぞれ手にアヒルを持って――プレゼントだから持ち帰っていいと言ってくれたのだ――湯船を出る。

「名残惜《お》しいなぁ」

「また明日も来るんだろう?」

大人稲荷たちは手を振って送り出しながらも、別れがたい様子だ。

「来週の水曜までは、大体この時間に子供たちと来る予定だ」

陽炎が言うと、

「そうか、それまでは来るのか」

大人稲荷たちは喜んでいた。

その喜びように、秀尚はふと疑問を抱くというほどではないが大袈裟じゃないかなと思った。

仔狐たちはみんな可愛い。

それは誰になんと言われようとも、翻す気はない。

とはいえ「可愛い」というだけであそこまで喜ぶほどだろうかと、少しだけ思う。

そう、少しだけだ。

——まあ、推しは推せる時に推すって言うしな……。

そう結論づけて秀尚は寿々と一緒に風呂を出た。

脱衣所で子供たちは、昨日と同じくタオルでざっと水気を取ると真っ先に冷蔵庫に向かい、目当ての飲み物を買ってもらって飲み始める。

それを見ながら、秀尚は手早く着替え、寿々の体を乾かし始めたのだが、タオルで水分を取ってやっていると、不意に寿々の輪郭《りんかく》がふにゃりと崩れ、ささやかな光の粒がきらめいた。

「……！　すーちゃん！」

秀尚は驚いて声を上げる。

なぜなら寿々は変化《へんげ》していた。

いや、寿々は変化《へんげ》できる。だがその姿は、ようやく掴まり立ちができる程度の赤子の姿だった。

しかし、今、変化した寿々は、以前よりもまだ少し幼いが、赤子ではなく幼児と言っていい大きさになっていた。

秀尚の驚いた声に、みんなが駆け寄ってくる。そして、そこできょとんとしている寿々の姿に驚いて、口々に「すーちゃん」「すーちゃん、おおきくなった！」と興奮した様子を見せる。

「……すーちゃん…っ！」

中でも萌黄は、感極《かんきわ》まって泣きそうな顔をしていた。

だが寿々は、きょとんとした顔のまま、

「すーちゃ、ふゆーつぐーぬー」

とフルーツ牛乳を所望してきた。

どうやら、みんなが話しているのは理解できていたらしい。

「わかりました、ふるーつぎゅーにゅーですね！」

萌黄は一目散に冷蔵庫に向かい、一本取ってくる。そして蓋を外して、寿々へと差し出した。

寿々はそれを嬉しげに両手でしっかり受け取ると、こくこくと飲み始める。

そして一度、瓶から口を離すと、

「おぃしー」

ふわふわ笑った。

それだけで、みんな幸せそうな顔をして、そして萌黄は泣き出しそうなままだ。

みんなの注目を浴びながら、寿々はフルーツ牛乳を飲み干した。

そして満足げに一息、ふう、と吐いた瞬間、また小さなキラキラがささやかに輝き、寿々の輪郭が曖昧《あいまい》になったかと思ったら、仔狐姿に戻っていた。

それでも、連れてきた時よりも少し成長した姿になっていた。

「……きゅん…」

戻っちゃった、とでもいう様子で寿々は鳴き、子供たちも少し残念そうな顔をする。しかし暁闇は、

「妖力が溜まりつつあるんだろう。心配ない、次はもう少し長い時間、人の姿を取るはずだ」

そう言うと萌黄の頭を撫で、萌黄は頷いた。

「さ、おまえさんたちも、ジュースを飲んでしまえ。いつまでも素っ裸でいたら、いくら夏でも風邪をひく」

陽炎が促し、子供たちは飲みかけのジュースを一気に飲み干す。

そして、着替え始めた時、入口のドアが開いて客の稲荷が入ってきた。

「お、珍しい。おちびさんたちがいるな」

その稲荷の言葉に、番台の剛秀が、

「昨日からな。一週間ほど、入りに来る」

と説明した。

「へえ、そうか」

納得したように言う稲荷に、子供たちは「こんにちは」と挨拶する。その礼儀正しさに目を細めていたその稲荷は、秀尚を見ると、

「あれ、加ノ屋の……？」

驚いた顔をした。そして『加ノ屋』の名前が出たことに秀尚も驚いて、

「え、あ、そうです、加ノ屋です」

微妙な自己紹介をしてしまう。

とはいえ、その稲荷に見覚えはなかった。

――え、誰だっけ？　最初にあわいに行った時に、夜来てくれたことがあるとか？

あの頃は今の常連以外の稲荷も時々やってきていた。

一度しか来たことのない稲荷もいたかもしれないが、秀尚はよく覚えていなかった。というか、こんなに長く彼らと付き合うことになると思っていなかったので、覚える気もな

かったのだ。

「俺、何度か加ノ屋に行ったことあるんですよ。ランチ食べに」

秀尚の表情から「誰？」となっているのをみとったのか、その稲荷はそう説明してくれた。

「え、お客様で来てくださってたんですか？」

「うん、本宮勤務の時にね」

その言葉に陽炎が聞いた。

「本宮勤務の時に、ということは、今は転籍されたのか？」

「勧請されて、自営業の人のところに。ワンオペだから、なかなか前みたいに休み取って気軽に出かける、とかできなくて」

苦笑いして言った後、

「『加ノ屋』のランチ、おいしくて、すごいファンだったんですよ。特に大好きだったのが鶏南蛮《とりなんばん》。少し甘めのタルタルソースがぴったりで……。あれが月替わりだった時、三回行きました」

と、感想を伝えてくれた。

「そんなに来てくださってたんですね。ありがとうございます」

秀尚は礼を言った後、

「明日も、ここにいらっしゃいますか？」

そう聞いた。

「え？　来ます…けど、時間はちょっと読めないかな。遅くなるかもしれないし」

「じゃあ、作って番台に預けておきますね」

秀尚がそう返すと、その稲荷は慌てて頭を横に振った。

「いやいや、そんなつもりで言ったわけじゃ……」

「そんなに、手間のかかる料理じゃないですから」

「いや、でも」

遠慮する稲荷に、

「鶏南蛮か……ビールだな。うまいぞ、風呂上がりに鶏南蛮をつまみながらビール。最高じゃないか？」

陽炎が耳打ちする。そして剛秀も、

「明日、ビール持ってきてそこの冷蔵庫で冷やしとけばいい」

と誘惑する。それに稲荷は陥落した。

「……すみません、お言葉に甘えます…」

「どういたしまして。じゃあ、剛秀さんに預けてくので、受け取ってください」

秀尚が言うと、近くにいた実藤が、

「かのさん、なにつくるの？」

そう聞いてきた。

「鶏南蛮だよ」

「とりなんばん、ぼくもすき！　たべたい！」

目を輝かせる実藤の言葉を聞いて、

「とりなんばん？　きょう、とりなんばん？」

浅葱も目をキラキラさせる。

「今日はお魚とエビのフライ。じゃあ明日、鶏南蛮にしようか」

秀尚が言うと子供たちは、

「えびふらいー」

「とりなんばんー！」

きゃっきゃと小躍《おど》りを始める。

その様子をやってきた稲荷も、剛秀も笑いながら見ていた。


子供たちが身支度を整えると、夕涼みに外に出た。

昨日と同じ、柔らかな夕焼けに染まる町は穏やかな空気に包まれていた。

子供たちはベンチに座って、喋ったり、プレゼントにもらったアヒルを動かしながら鳴き声を真似《まね》たりしている。

少し成長した寿々も、ちょこんとベンチに座って、その隣には萌黄が寄り添っていた。

そんな二人の姿を見ていると、萌黄が背負ったものや、そこからここまで来た過程などが思い返されて、温かさと同時にまた別のものが心の奥からこみ上げてきた。

「夏藤殿」

その中、不意に陽炎が夏藤に声をかけた。

「今夜どうだ？」

酒を飲むしぐさをして問う。夏藤は、

「薄緋殿から、許可はいただいたのですが……」

どこか言い淀む様子を見せた。

いつもの陽炎なら、「そうか、許可が出たなら今夜は飲もう」ともうひと押ししそうなものなのだが、

「お、何か先約か？　まあ、都合がついたら一緒に飲もう」

笑って、あっさり引き下がった。

――意外……。

そんなふうに思っていると、陽炎はふっと秀尚を見て、片方の唇の端だけを持ち上げて

笑ってみせた。

その様子から、夏藤を気遣ってのことだと分かる。

——そうなんだよな。陽炎さんって、ちゃんと人のこと見てるんだよなぁ……。

やらかし系の印象が強い——これは陽炎の普段の行いによるものである——が、陽炎は時々、ものすごく冷静に物事を分析している。

こういう一面に予期せず接すると、やっぱり神様なんだなと思わざるを得ない。

とはいえ、言葉にすると調子に乗りそうなので、それは言葉にせずにおいておくが。

その後は、昨日と同じく加ノ屋に戻って、みんなで一緒に夕食だ。

予定どおりに魚とエビのフライをメインに、キャベツとパプリカのオーロラサラダ、冷たいカボチャのスープである。

揚げたてを食べてほしいので、帰ってから全部を揚げていくのだが、昨日に引き続き夏藤が手伝ってくれた。

「こっちの油が切れたのから、お皿に盛ってもらえますか？　魚は一人一つで、エビは二つで」

「分かりました」

夏藤は手際よく、油が切れているものを見極めて皿に丁寧に盛っていく。

「夏藤さん、館の仕事に慣れました？」

何気なさを装《よそお》って秀尚は問う。

「……そう、ですね。一通りのルーティン作業は頭に入ったのですが…子供たちの相手というのは、なかなか難しくて、薄緋殿のようにはうまくいきません」

反省交じりの夏藤の言葉に、秀尚は笑う。

「みんなの相手って、正解が分かんないから大変ですよね」

「…加ノ原殿でも、そう思われるんですか？」

意外そうに夏藤は聞いてきた。

「思いますよ。普段はいいんですけど、ケンカをしたりって時の仲裁とか。理由を聞いてどっちもどっちな時ってどうすればいいのかなーって思うし、あとはちょっとした物事の判断でも、俺なんかはもう矛盾《むじゅん》を飲み込んだ上でどっちか選ぶってことしちゃうけど、みんなにその矛盾を飲み込む、をさせていいのかなとか。なんていうか、清濁併《せいだくあわ》せ呑《の》むって言葉あるじゃないですか。それを、無意識のうちにするようになっちゃってて、疑問にも思わなくなってるけど、それってみんなにどう説明するのかとか、むしろそれって正しいのかとか、考え始めたら分かんなくなるんで」

物事には正と負の両面があることが多い。

どちらを選ぶにしても問題があって、それを「飲み込む」ことがいいのかどうかも分からないまま、秀尚はそうしてきた。

疑問に思ったことも昔はあったのかもしれないけれど、そう思ったことすら覚えていないくらいに、いつの間にか。

だから、時々、子供たちからの言葉に虚《きょ》をつかれることがある。

「そんな時はどうされてるんですか？」

「一応、『俺はこう思うよ』ってだけ言って、『でも薄緋さんは違うかも』って、後で薄緋さんに子供たちが聞きに行くように仕向けてます」

秀尚が言うと、夏藤は少し笑った。

「薄緋殿は、本当にすごいですよね」

「そうなんですよね。『それはそれ、これはこれです』って子供相手にでも普通に言っちゃうところもありますし……口調が淡々としてるのに、圧が強いっていうか」

それに夏藤は俯いて肩を震わせる。

薄緋の仕事を手伝ううちに、実感することがあるのだろう。

「そんな薄緋さんでも、最初の頃は途方に暮《く》れてたらしいんで、多分、慣れです」

「薄緋殿が、加ノ原殿にそんな話を？」

「いえ、常盤木さんからです。常盤木さんが本宮にいた薄緋さんをヘッドハンティングしたって話の流れで」

秀尚が説明すると、夏藤は少し考えるような顔をした。

「加ノ原殿は、私たちのような存在を前にしても、柔軟《じゅうなん》に受け止めていらっしゃいますね。……戸惑われたりは、されませんでしたか？」

それに秀尚は笑う。

「むしろ戸惑いだらけですよ？」

「そうなんですか？　でも、とてもうまく皆さんと付き合っていらっしゃると思うのですが」

問う夏藤の表情は、意外に思っている、という感じではなく、どこか、必死さがあった。

「うまくっていうか……、俺がどうこうっていうより、皆さんのほうが普通に接してくれるからって部分が多いと思います。俺は人間だから、皆さんのことで理解できることって少ないんで、小難しいこととかは考えない方向ですし。人間同士でも、文化の違いで理解できない生活習慣とかあったりするんで、その拡大版的な感じなんですけど、正直、基準ががばがばになってる自覚はあります」

秀尚が言うと、夏藤はため息をついた。

「……すごいと思います…私だったら、きっと、加ノ原殿みたいには」

その夏藤に、秀尚はどう返していいか分からなくて、

「慣れですよ、多分」

それしか、言うことができなかった。

夏藤と子供たちは夕食を終えると帰っていき、陽炎と暁闇はそのまま居酒屋になだれ込んだ。

子供たちの夕食に作ったフライの残りと、長いもの梅和えをつまみに二人は飲み始めたが、その中、暁闇が口を開いた。

「夏藤といったと思うが、気をつけてやらないと随分と揺らいでるぞ」

その言葉に秀尚は調理の手を止める。陽炎もグラスを持った手を下ろした。

「一尾半なんて、危機的状況もいいところだ。それに、あいつから感じる気は随分と不安定だ。よくあれで踏みとどまっていると思うが……一尾に戻れば神使からは外れる」

続けられた暁闇の言葉に、陽炎は頷いた。

「あわいにいるから、踏みとどまれていると言ったほうがいいんだろう」

「今のうちに手を打ったほうがいい」

「ああ。だが、今の状態の夏藤殿に、強引な手に打って出るのも気が進まん」

陽炎は渋い顔をして腕組みをした。

しばしの沈黙の中、口を開いたのは秀尚だ。

「昨日、今日って、夕食の準備手伝ってもらう時にちょっと喋ったりして、思ったんですけど、夏藤さん、なんかすごい怖がってるっぽい感じするんですよね」

「怖がってる？　どういう意味だ」

陽炎が聞いた。

「んー…、なんていうか、感覚的な問題なんでうまく説明できないんですけど、考えすぎて動けないみたいな感じっていうか」

「考えすぎて、動けない、か……」

陽炎が呟く。

「銭湯で他のお稲荷さんに子供の手伝いさせてくれって言われたじゃないですか。俺とかだったら『いいんですか？　助かります』って速攻言っちゃう場面なんですけど、夏藤さん、固まっちゃったんで……単純に、まさかそんなふうに申し出があると思ってなかったから驚いて判断遅れたってだけかもしれないんですけど……引率の責任者ってことで、人任せにしていいのかどうかとか、考えたのかなーって」

秀尚がそう言った時、二階から人が下りてくる音が聞こえた。

「おやおや、珍しい気配がすると思ったら」

そう言いながら、階段下のつっかけを履いてやってきたのは常盤木である。

常盤木の姿が見えた途端、かつての陽炎たちと同じく暁闇は立ち上がった。そして近づいてくる常盤木に頭を下げる。

「常盤木殿、お久しぶりです」

その暁闇に、常盤木は微笑みながら、

「まあまあ、そうかしこまらず、お座んなさい。確か今は……暁闇殿、でしたか。いやいや、活躍のほどは聞いていますよ」

にこにこしながら、即座に陽炎が準備していたイスに、すみませんねぇ、と言って腰を下ろす。

どうやら暁闇も、常盤木には頭が上がらないらしい。

「常盤木さん、夕ご飯にしますか？」

秀尚が声をかけると、頷いた。昨日、常盤木は秀尚たちを銭湯に送り出した後、どこかに出かけたらしく、取り置いてあった夕食はそのまま今日の朝食にスライドしていた。

秀尚が夕食を準備する中、常盤木は、

「弟さんは元気ですか」

暁闇に聞いた。

「はい。今は名を、宵星と」

「そうですか。暁《あかつき》と宵《よい》、対《つい》となるよき名前ですね」

目を細めて返してから、

「夏藤殿の様子は、どうでしたか？　まあ、昨日の今日で、そう変わるわけでもないとは思いますが」

　そう聞いた。

「そうですね、変わりはないです」

　陽炎はそう言ってから、

「ただ、暁闇殿が『揺らいでいる』と」

　と続けた。その言葉に、常盤木はうんうんと頷いて見せる。

「昨日、夏藤殿と会った後、気になっていろいろ調べてみましてねぇ。……あの子が自分で口にしないことですから、私からここでは言いませんが、すっかり自信を失ってしまって。やることなすこと、自分はすべてダメだと思い込んでしまって、些細な失敗にさえ過剰に落ち込んでしまう様子で……。そのせいで気脈《きみゃく》が閉じてしまいましてね…」

「気脈が……」

　陽炎は呟いたが、それは絶句といった様子で、暁闇も言葉にならないようだった。

　その二人の様子で、かなり大事で深刻なことらしいのだけは秀尚も分かった。

「早急に医官《いかん》の許で……」

　何とか絞り出した、という様子で暁闇が言うが、

「本人が嫌がったようです。大丈夫だからと……」

　常盤木もそう言って思案顔になる。

「ストレスから、尾を減らす者は珍しいわけではありませんが……気脈が閉じるところまでとなると、医官の治療だけではなんとも。……本人の気持ちの問題でもありますからねぇ」

いつもの口調で言いながらも、常盤木が悩んでいるのはその様子で分かった。

そのまま重い空気になりかけたところで、秀尚は常盤木に夕食を出しながら、

「そういえば、いい話題もあるんですよ」

そう切り出して、寿々が成長した話をした。

「変化《へんげ》できたのは少しの時間だけだったんですけれど、狐姿に戻ってからも前よりも大きくて。もう、萌黄がずっとスリングで抱っこしてるのは難しい感じです」

その報告に常盤木はにこにこして頷いた。

「ああ、そうでしたか……。すーちゃんも、成長したなら歩きたがるでしょうからねぇ。予定どおり一週間ほどで何とかなりそうですね」

よかったよかった、と繰り返し、常盤木は食事を続ける。

陽炎と暁闇もまた飲み始め、常盤木が食べ終わる頃、濱旭と時雨がやってきた。

食後のお茶を飲む間、常盤木はみんなと話し、「じゃあ、あとはお若い人たちで」と部屋に戻っていく。

——昨日、常盤木さんがいなかったのは、夏藤さんのこと調べに行ってたからだったたん

だ。

陽炎と暁闇の話からも、夏藤の状況はかなり深刻なものだと分かる。

――俺にできること、何かあればいいけど……。

そうは思うが、普通の人間である秀尚の思いつくようなことは、お稲荷様である彼らなら簡単に思いついて、すでにやっているだろう。

それに住む世界の違う彼らの問題に、首を突っ込みすぎるのはよくない。

これまでにもそう思いつつ首を突っ込んではきたが、それは巻き込まれたからだ。

自分から巻き込まれに行くのはよくないだろう。

もどかしい気持ちにはなるが、とりあえず秀尚はしばらくは静観することに決めた。

◆◇◆

翌日の入浴の引率は、代休を取った時雨と冬雪、景仙が一緒だった。

「剛秀さん、これ、昨日のあの人に渡してもらえますか?」

秀尚は作ってきた惣菜を番台の剛秀に渡した。

「ああ。常温で大丈夫か？」

「一応保冷材入れてあるので……もしあまり遅くなるようだったら…そこの冷蔵庫に」

秀尚がジュースの入っている冷蔵庫に視線をやると、今日も子供たちは飲み物選びに余念がない。

「ジュースのレパートリー増やしたほうがいいかねぇ」

剛秀は笑いながら言うが、

「いえ、今くらいでちょうどです。多すぎると延々迷い始めるので」

秀尚が言うと、剛秀は納得したように頷いた。

三度目ともなると子供たちも慣れたもので、ジュース会議も促される前に終了し、服を脱ぐと、昨日もらったアヒルをそれぞれ手に浴場へと向かう。

今日も今日とて、大人稲荷たちの数は多かった。

「おお、来たなぁ」

「本当だ、小さい……」

ざわつく大人稲荷たちに、子供たちは、こんにちはー、と礼儀正しく挨拶をする。

すると大人たちからも「こんにちは」と返事があり、子供たちはにこにこしながら、教えられたとおりにまたかかり湯から始める。

問題は寿々である。

成長したので洗面器は厳しい。

しかし、湯船の湯はやはり熱いだろう——ということを懸念して、今日は小さめの盥《たらい》を持ってきた。

いつもどおりに風呂の湯と水を混ぜて、そこに寿々を入れて浮かべる。

一緒に入っている感じが嬉しい様子で、寿々は盥のふちに顎を載せてご満悦、といった様子である。

「ねえ、夏藤殿。夏藤殿も帰ったら夜にもう一度お風呂に入ってるんでしょ?」

「そうですね。館の風呂に入ります。薄緋殿がお入りになるので、その後で」

「あ、そっか、薄緋殿も入るんだったわ。アタシたち、居酒屋終わりで入りに来てるから、夏藤殿も一緒にどうかと思ったんだけどね」

「ありがとうございます」

夏藤は礼を言うが、断りの意味を含んでのものだ。

むろん、時雨もそれは理解しているのでそれ以上深入りはしない。

もっとも今さっき会ったばかりなので様子見をしながらといったところだが、うるさくない程度に子供たちの話題を振っている。

子供たちも夏藤も三度目の銭湯なのでそこそこ落ち着いているし、何より大人稲荷たちが子供たちに声をかけて愛《め》でているので、そこまで目を光らせなくとも危険はない。

秀尚もゆっくりと——寿々の盥が沈まないように気をつけつつ——していたのだが、寿々の輪郭の周りをまたキラキラとしたものが舞い始めたと思ったら、もう次の瞬間には寿々は変化《へんげ》していた。

変化した時の寿々に対して、盥は小さい。

ついでに言えば、体重も重くなる。

つまり、盥が重さに耐えかねて沈み、寿々も一瞬、沈みかけた。

それを秀尚がとっさに腕を伸ばして抱き寄せる。

「……っぶね…」

焦る秀尚に対し、寿々は湯の中をすごい勢いで移動したのが面白かったのか、キャッキャとはしゃぐ声を上げる。

その声に萌黄が気づき、

「あー、すーちゃん、へんげしました！」

そう言って湯の中を近づいてくる。寿々はその声に萌黄のほうを見て、手を伸ばした。

その手を萌黄が握って笑う。

「あら、すーちゃん、本当に大きくなったわねぇ」

時雨は言いながら水没した盥を拾い上げる。

「今日はもうこれ、いらないかしらね」

そう言って湯船の外に出した。

盥の中でそこそこ慣らされていたからか、寿々は熱がるそぶりも見せなかった。とはいえ、高めの温度であるのは間違いなく、少ししてから体を洗うために一度上がる。

それに合わせて深い浴槽の大人稲荷たちも出てきて、昨日と同じく、子供たちが体を洗うのを手伝ってくれる。

昨日と違うのは、

「おれいに、おせなか、ながします」

子供たちが手伝ってくれた稲荷の背中をお返しにごしごしと洗い始めたことだ。

可愛いお礼に、大人稲荷たちはデレていた。

そして、寿々はみんなが体を洗っているのを見て、真似て自分の体を洗おうと石鹸《せっけん》を手に取ったが、一生懸命掴もうとするあまり、何度持っても石鹸に逃げられるという、安定の寿々クオリティーのどんくささを披露してくれ、秀尚は和んだ。

今日も無事に入浴を終え、子供たちはタオルドライの後まっすぐに冷蔵庫に向かう。

「すーちゃんは、きょうはどれにしますか？」

問う萌黄の声に、寿々は、

「こーひーぐーぬー」

と、今日はコーヒー牛乳を選択する。

そして寿々は両手で瓶を持ち——稀永と経寿はストローを刺してもらって飲んでいるが——、それ以外の子供たちは片手に瓶を持ち、空いているほうの手を腰に当てるお馴染みのポーズでそれぞれ選んだものを飲み始める。

それを見ていた時雨は、

「……なんで教えてもないのに、みんな腰に手を当てるのかしらね？」

心底不思議そうに言う。

「遺伝子に組み込まれてるんじゃないかな」

冬雪がもっともらしく言うが、

「っていうか、皆さんの遺伝子、基本狐ですよね？」

秀尚は冷静に突っ込む。

「んー、ハイブリッド種的な？」

冬雪が首を傾げつつ言った時、景仙が、

「……おや、何か連絡が来たようです」

そう言うと、ロッカーの中に入れていた水晶玉を取り出した。

「緊急連絡？」

覗き込んで問う時雨に、

「いえ、香耀からですね。……十重と二十重の写真を送ってくれたようです」

と説明する。

女子会旅行に行っている香耀かららしい。

「見たい、見たい。見せてよ」

というリクエストに応えて、景仙は水晶玉を軽く叩いた。

すると写真は水晶玉の外にポップアップされるかたちで出てきた。

「え、こんなこともできるんですね」

「これができる水晶玉はお高いやつなのよ。まあこれができるから小さいサイズでもいいってことなんだけど」

驚く秀尚に時雨が言う。一枚目の写真は別宮の女子稲荷と落ち合ったところのものだった。行ってきますというように手を振っている二人は、いつもの作務衣《さむえ》風の服を着ていた。

そして二枚目。

そこに写っていた十重と二十重は、後ろにヤシの木がある、どう見ても高そうなホテルのプールサイドの籐《とう》椅子に腰をかけ、パイナップルやマンゴーがふちに飾られたグラスのジュースを手に、女優帽プラスサングラスを身に着けた、お揃いのビキニの水着姿だった。

その次は、プールに浮かべられたサメのかたちのボートにまたがって手を振っているもので、その次は、おそらくは女子稲荷に貢《みつ》いでもらっただろう色違いのサンドレスを纏《まと》い、ホテルの中と思しき場所で大きな花瓶を挟んでポーズを決めているものだった。

他にも天蓋《てんがい》つきのベッドの上で寝転んでいる姿や、ソファーに座り、用意されているアフタヌーンティーセットのケーキを選んでいる姿だったり、とにかくゴージャスである。

――これ、一泊何万クラスのホテルなんだろ……。

そんなことを秀尚が考えていると、

「……フルーツ牛乳と、トロピカルジュース…。これが格差かしら……」

時雨がしみじみ呟く。

それに、堪えきれない様子で夏藤が噴き出した。

「……っ…すみません…ハイブリッド種のところから、ちょっときていて…」

口元に手を当てつつ、まだ笑っている。

その様子に、あ、笑った、と秀尚は少し安心した。

さて、その夜、順調にその日の居酒屋も終了し、秀尚は二度目の銭湯にやってきた。

メンバーは、冬雪、時雨、濱旭、そして陽炎である。景仙は夕食後に陽炎と交代するかたちであわいの任務に入るため、帰っていった。

「本日二度目ましてー」

時雨が言いながら入っていくのに続いて秀尚も脱衣所に入る。

するとと番台の剛秀が秀尚を見るなり、

「あんた、有名な料理人なんだってな？」

と言ってきた。

「え？　有名？」

突然、思ってもいなかったことを言われて秀尚は驚いた。

「あんたが今日持ってきた料理、あれはちゃんと渡したんだが、風呂上がりにあいつがここで一杯ひっかけてる時に来た他の連中にもおすそ分けをしてくれてな。俺ももらったが、うまかった」

「ありがとうございます」

褒められ礼を言う秀尚に、剛秀は続ける。

「おすそ分けをもらった奴らもうまいって絶賛しててな。縁あって稲荷の加護を受けてる人界の料理人がいてって奴が説明をし始めたら、あんたのこと知ってる連中の多いこと。まあ、ここに来る連中は勧請された稲荷が大半だからな。実際に店に行ったことがあるのはもう一人くらいだったんだが……あんまりにもうまいんで、どうにかして店に行けないか、いややっぱり難しいだろう、みたいな感じになってなぁ」

その展開に、秀尚が「うん？　この流れは？」とやや警戒しかけた時、

「忙しいのは重々分かってるんだが、ちょっと連中に出前とか頼めねえか？」

予想どおりの言葉が切り出された。

それに秀尚が口を開くより早く、

「頼みたくなるうまさだろう？」

陽炎がなぜか得意げに言った。

「ああ、本当にうまかった。鶏南蛮ともう一つ、レンコンに肉を挟んで焼いてあったのもうまくてな……」

鶏南蛮を容器に詰めていた時、これだけだと愛想《あいそ》がないなと思って、それも作り足して入れておいたのだが、どうやらそれも受けたらしい。

正直、料理を褒められると嬉しい。

それに、お稲荷様からの頼みごとを断っていいものかどうかも正直分からない。もちろん、陽炎が言い出したなら断るが、剛秀とはまだ知り合って間もないし、昨日のあの稲荷の希望もあるなら、受けたほうがいいのかな、と思ってしまう。

そんな秀尚の胸の内を見透かしたように、

「材料費と人件費を出してくれるなら、加ノ原殿は何とかしてくれると思うぞ？」

陽炎が入れ知恵した。

「陽炎殿、そうやって加ノ原くんの退路を塞ぐやり方、どうかと思うよ？」

冬雪が窘めるように言うが、

「どうせ加ノ原殿は断ったら悪いかなとか思ってるだろうから、きちんと仕事として請け負ってもらったほうがいいだろう」

な？　と陽炎は秀尚に同意を求めるように視線を投げてくる。

それにやっぱり見抜かれてるなと思いながら、

「そこまで期待してもらえるほどじゃないですけど、お弁当みたいなかたちでいいなら」

秀尚は剛秀を見ながら言う。

「本当にいいのか？」

剛秀は驚いた様子で確認してきた。

「はい。それで、厚かましいですけど、さっき陽炎さんが言ったみたいに、一ついくらかってかたちでの販売形式でお願いします」

「大体いくらくらいだ？」

剛秀が問うのに、

「加ノ原殿の店のランチは千円で出しているが、まあ特別ってとこもあるからもう少し上乗せしてやってもらえるとありがたい」

陽炎が値段交渉を始め、

「千五百でどうだ」

剛秀が値段を提示してくる。それに陽炎が秀尚を見た。

「それだと、ちょっともらいすぎになるっていうか……」

「千五百でいいらしいぞ」

もらいすぎという分には問題ないだろうと、陽炎は勝手に話をまとめてしまう。

「そうか、ありがたい。じゃあ、明日連中が来たら話してみる。二日ほどもらえりゃ、希望者の数を出せるから」

剛秀が言うのに、秀尚は「よろしくお願いします」と返す以外になかった。

こうして、正確な日程や数は決まっていないものの、弁当のオーダーが入ることだけは確実になった。

「大将、人が好《よ》すぎだと思うよ？　毎晩押しかけてる俺が言うのもなんだけどさぁ……、一応大将、今休みなんだし」

風呂場の、真ん中の深さの湯船にゆっくりと浸かっている秀尚に、隣にやってきた濱旭が心配げに言う。

「ありがとうございます。……でも、多分ここのお湯のおかげだと思うんですけど、なんかこれまでと全然違うんですよね、体の感じが。体だけじゃなくて、気持ち的なものもなんですけど……なんかワンランクアップした感があるっていうか……」

秀尚はそう言って笑う。それを聞いていた冬雪が、

「そりゃ、すーちゃんが成長しちゃうくらい、力のある銭湯なわけだから」

と返し、時雨も、

「勧請された稲荷って基本ワンオペだから疲れることも多いのよ。それを癒して英気を養《やしな》えるのがこの湯なわけだし」

と続ける。

確かに、今も奥の湯船では秀尚たちが来る前から、仰向けに頭をヘリに載せたまま湯船に浸かって微動だにしない、疲れ切った稲荷がいて、その隣の稲荷は顎をヘリに載せて
「まだ帰りとうない……湯あたりしそうだけど、まだ帰りとうない……」と帰宅拒否を起こしたサラリーマンのように呟いている。

そんな稲荷たちが癒されるレベルなのだ。そう考えれば当然、こんな疑問が湧いてくる。

「フツーの人間が毎日入りに来て大丈夫なもんなんでしょうか？　まさか明日あたり、額に第三の目が開いちゃったりとか？」

まさかそんなことになるような銭湯なら常盤木が薦めないとは思うが、体の快調さを考えると、正直かなり効果があると思う。

「詳しい説明は脇に置くが、人間の場合、年単位で毎日入らなければ大丈夫だ。安心してぞんぶんに浸かるといい」

陽炎が言い、それに秀尚は安心しつつ、

「夏藤さんにも、いい効果があればいいんだけどなぁ……」

夏藤のことを心配した。

「ホント秀ちゃん優しいわよね」

時雨が感心したように言う。

「やっぱり、知ってる人にはできるだけ元気でいてほしいですよ。俺に何ができるってわけじゃないけど……」

秀尚が言うのに、

「夏藤殿なぁ……」

陽炎が呟き、冬雪、時雨、濱旭も思案顔になる。

濱旭だけは夏藤と会ったことがないが、居酒屋で出ている話から、大体の状況は飲み込んでいる。むしろ、会っていない分、不安そうだ。

「そういえば、気脈が閉じてるって、どういうことなんですか？」

その中秀尚は、この前意味が分からなかったことを聞いてみた。だが秀尚がそれを口にした瞬間、冬雪と時雨、濱旭は眉根を寄せた。

「なんでそんな言葉を秀ちゃんが知ってるの？」

問う時雨からは、どこか恐れめいたものが感じられた。

——あ、言っちゃダメなやつだったかも……。

そう思ったが、もう遅い。どうしようかと思っていると、

「夏藤殿の気脈が閉じてしまっているらしい。常盤木殿がそうおっしゃっていた」

陽炎が秀尚の代わりに言った。

「常盤木殿が……」

「常盤木殿の見立てだって言うなら、それ完全にガチなやつじゃん……」

濱旭が悲愴にも思える顔で呟いた。

「落ち着きなさいよ、濱旭殿」

時雨は濱旭の肩を軽く叩きながら言ってから秀尚を見た。

「人界で言う意味とは少し違うんだけど、血液と同じように『気』も体中を循環してるの。その循環する経路を気脈っていうんだけど、その経路を巡る気の流れに滞《とどこお》りが出ちゃうと、いろいろ問題が出るのよ。血液だってそうだし、分かりやすく言えばリンパとかもそうじゃない？　足がパンパンになっちゃったり、どろどろの血液で血管が詰まっちゃったりとか」

その説明に秀尚は頷く。

「気の巡りが滞る理由はいろいろあるんだけど、ストレスもその一つだね。そのストレスが強くなりすぎると、滞りを通り越して、気脈が閉じることもあるんだ。そうなると僕たちが内包する妖力が目減りしていっちゃってね。僕たちの尻尾の数は持ってる妖力の強さを表してるんだけど、それが一本ずつ細っていって消滅しちゃうんだ」

冬雪が説明を引き継いで言ってくれた。

「まあ、尻尾の増減はそう珍しいことじゃない。一時的に力を使いすぎても減っちまうからな。また力を溜めれば増えていく。だが、気脈が閉じちまえば、力を溜めることもできん。気脈が開いてなけりゃ新たな気を取り入れることもできなくなるわけだから」

難しい顔をして陽炎も言い、

「夏藤殿は人界の任務での失敗がトラウマになって気が滞り、その状態で本宮の仕事に戻ったから、以前のようにはいかなかったんだろう。それでさらに自信を喪失して、気脈が閉じてしまった……悪循環だな」

そう続けた。

「早急になんとかする必要があるね」

冬雪が真剣な顔で言う。

「それは常盤木殿も分かっておいでだ。でも、手出しができない。……時期を見ていらっしゃるんだと思う」

陽炎にしては珍しい慎重な言葉だった。

それだけ、今の夏藤の状態は繊細なものなのだろう。

全員言葉もなく、沈黙が横たわる。

その中、口を開いたのは濱旭だった。

「俺……明日、午後から会社休み取ってみる。夏藤殿とやりとりしたことあるし……向こうが俺のこと覚えてるかどうか分かんないけど」

この中で唯一、以前の夏藤のことを知っているのが濱旭だ。

だからこそ、伝え聞く夏藤の様子は信じられないのだろう。

「……昔のことを知ってるおまえさんに会うのが、吉と出るか凶と出るかは分からんが……」

「うん。分かってる。そのあたりは、夏藤殿の様子見ながら、気をつけるよ」

陽炎の助言に頷く濱旭からは、いつもの快活《かいかつ》さは感じられなかった。

それだけ心配なのだろう。

――明日、濱旭さんと会って、夏藤さんの気持ちがちょっとでも上向いてくれたらいいんだけどなぁ……。

自分には何もできないのがもどかしいが、秀尚はそう祈った。

七

予定どおり、濱旭は翌日会社を午後から休み、三時過ぎに加ノ屋にやってきた。

子供たちが来るのはいつも四時前後で、一時間ほどあったのだが、濱旭はいつになく緊張した顔をしていた。

「濱旭さん、大丈夫ですよ。見た目っていうか、俺が見ての印象ですけど、大人しそうな人ってイメージだけで、なんか病気で明日をも知れないとかって感じはないですから」

陽炎たちからの話で危機的状況にいることだけは、濱旭も分かっている。だからこそ、今にも倒れそうな病人みたいな感じをイメージしていそうだなと思って声をかけた。

「うん…、そうだよね。そんな状態だったら、仕事なんかできないもんね」

どうやら、近いことを想像していたらしく、濱旭は少し笑う。

それからしばらくして、陽炎が子供たちや夏藤と一緒に押し入れから秀尚の部屋にやってきた。

「あ、はまあさひさまだ！」

「ほんとだ、はまあさひさまだ！」

子供たちはすぐに濱旭がいるのに気づいて、濱旭に群がる。

なかなか休みを取れない濱旭は、常連の中では子供たちと会う回数が一番少ない。そのため子供たちにとって濱旭はレアキャラクターなのだ。

群がる子供たちの相手をする濱旭に、

「おお、濱旭殿、休めたんだな」

陽炎が声をかける。

「うん、何があっても今日は帰るって言って帰ってきた」

濱旭はそう言って、視線を夏藤へと向ける。それに気づいた陽炎が、

「夏藤殿、こちらは濱旭殿。加ノ屋の常連で、今は人界任務中だ」

夏藤に濱旭を紹介する。

「はじめまして、濱旭です」

濱旭が名乗る。それに夏藤は、

「濱旭殿……」

一度濱旭の名前を呟いてから、

「夏藤と申します。少し前から、萌芽の館にて薄緋殿の手伝いをしております」

ぺこりと頭を下げる。

「夏藤殿、実は濱旭殿は夏藤殿をご存じだそうだ」

陽炎が切り出す。

夏藤は少し考えるような表情をして、

「お名前は、聞き覚えがあるような気がするんですが……申し訳ありません、いつお会いしたか覚えていなくて」

濱旭を見て謝る。どうやらさっき名前を呟いたのは、どこかで覚えのある名前だったからのようだ。

濱旭は夏藤の言葉に頭を横に振った。

「聞き覚えがある、だけで正解です。会うのは今日が初めてだから」

「え？」

「俺が前回の任務で人界に下りてた時、終わりの一年くらい、夏藤さんが俺の本宮での担当だったんですよ」

「そうなんですか？」

夏藤は驚いた顔をした。

「うん。えーっと、天城山隧道《あまぎさんずいどう》で起きた騒ぎの始末書って覚えてます？　十年ちょっと前くらいなんですけど」

「天城山隧道……あ…、人に尻尾を見られて記憶を消す処置を？」

夏藤は思い当たったらしく、そう言った。それに濱旭は大きく頷く。

「そう！　それ！　あの騒ぎの中に俺もいて、始末書の書き方っていうか、心証のいい始末書になるように添削《てんさく》してもらって」

濱旭のその言葉に、陽炎は、

「おいおい、おまえさんも結構なことやらかしてるじゃないか」

仲間を見つけたとでもいった様子で濱旭の肩を抱く。

「違うって。俺は巻き添え食らっただけで、尻尾は出してないよ。なのに始末書とか言われてさー、納得いかなくて、どう書いていいか分かんなくて放置してたんだよね。そしたら夏藤さんが連絡くれて、書き方のことでお困りでしょうか？　って聞いてくれて」

「そう、でしたか？」

最初のとっかかりなどは忘れているのだろう。

だが、担当した稲荷が起こした事件は印象深く、記憶に残っていたようだ。

「うん。そんで、盛大に納得いかないってごねて愚痴って、夏藤さんが始末書の骨子《こっし》作ってくれて、それを元に書いて、添削してもらったのを出した」

濱旭がニコニコしながら言うのに、

「それは、ほぼ夏藤殿が書いたと言ってもいいんじゃないのか？」

「そうとも言うよ？」

陽炎の指摘を濱旭はあっさり認める。

「その後も、すっごい丁寧に、いっつも不足がないかとか聞いてくれて、最後のあの一年はめちゃくちゃ快適だった。今さらだけど、ありがとうございました」

濱旭がぺこりと頭を下げる。それに夏藤は慌てる。

「そんな、お礼を言われるようなことをしたわけでは……。事務担当としてサポートするしかできないわけですから」

「いやいや、サポートがどういう相手かでいろいろ変わるもんだからな。濱旭殿、今日は夏藤殿の背中を流して、肩も揉んでさしあげるといいぞ」

陽炎が言うのに、濱旭は元気に「よろこんでー！」と返し、秀尚と陽炎は「居酒屋か！」と突っ込む。

それに夏藤は、控えめに笑った。

「じゃあ、銭湯に行くとするか。みんな忘れ物はないな？」

陽炎が確認すると、子供たちはみんないい子で、はーいと返事をし、稲荷湯へと繋がる常盤木の部屋へと向かった。

寿々は狐姿に戻っているが、抱っこされることなく、多少心もとない足取りでついてくる。

そして稲荷湯に到着すると、

「おおー、来たな」

剛秀が笑顔で迎え入れてくれた。

「今日もお世話になります」

夏藤が礼儀正しく挨拶するのに、子供たちも、こんにちはー、と挨拶し、そしていつもどおりに冷蔵庫前に集合し、ジュース会議を始めた。

その様子を秀尚は、濱旭、夏藤と一緒に見ていたのだが、剛秀と話していた陽炎に不意に呼ばれた。

「加ノ原殿、ちょっといいか?」

「なんですか?」

番台に近づいていくと、

「昨日話してた弁当の件なんだがな」

剛秀が切り出した。

昨日のうちに、例の鶏南蛮の稲荷には、秀尚が弁当を作ってくれると連絡しておいたらしい。鶏南蛮稲荷はよほど嬉しかったらしく、勧請された稲荷仲間に報告というわけではないが、すぐに話したらしい。

「連絡した時に、ちょうど水晶玉で他の勧請された稲荷と意見交換してたらしくてな。ていうか風呂でもさんざん話しておいて、帰ってからも話したいことあるって、どれだけ話題豊富なんだ？」

「いや、八割方愚痴だろう」

剛秀の説明に陽炎が冷静に突っ込んだ。

「まあそういうわけで、加ノ原殿が弁当を有料で作ってくれるってその時に言ったらしい。で、俺が三時からのシフトで戻ってきたら、前シフトの稲荷から『弁当の予約したいって稲荷が複数いたんで、一応名前を控えておきましたけど、なんですか、弁当って？』ってメモを渡されてなぁ……」

剛秀は言いながらそのメモを見せる。

結構な数の稲荷の名前らしきものが並んでいた。

「今の時点で三十ちょいくらいだ」

「……二十四時間経ってないのに？」

秀尚は困惑した。

「これからまだまだ予約が入りそうっていうか、確実に入る。とはいえ、あんまり数が増えても、あんたの負担になるばっかりだろう。それで、上限を決めたらどうかと思うんだが」

剛秀は秀尚を気遣ってそう提案してくれた。

「そうですね……」

秀尚は少し考えてから、

「五十を上限くらいなら」

切りのいいところで、そう伝えた。

「五十か……」

剛秀はやや渋い顔をしたが、

「いや、無理に頼み込んでおいて、もうひと声ってのもな。じゃあ、上限五十で頼む」

結局承諾した。

正直に言えば、もう少し頑張ることはできる。

なので、一応五十と伝えておいて、少し増えるくらいなら引き受ければいいかという計算だった。

剛秀との話が終わる頃には、子供たちのジュース会議も終わっていて、服を脱いで風呂に向かった。

この日も子供と触れ合いたい大人稲荷たちが来ていた。どうやらこの時間に来ると可愛い仔狐と触れ合える、と伝わっているらしく、かといって、今、稲荷湯に来る権利を持っている稲荷が全員この時間帯に来ると混雑することこの上ないので、この時間帯の希望者を十人程度で日替わりにしているらしい。

彼らが子供たちを見てくれるというのもあるし、子供たちも銭湯でのルール——タイルの上を走らない、湯船で泳がない、など——をしっかり覚えたのと、慣れたのとで、夏藤も初日のような緊張感ではなくなっていた。

「すーちゃん、入れるかな？　ちょっと熱いかな？」

湯船のふちに、ちょこんと座った寿々は、前脚を湯船に伸ばして湯の温度を確かめる。

それは稀永や経寿もよくやる動きなのだが、稀永や経寿と寿々を比べれば、違う点がいくつかある。

一つは寿々が成長したとはいえ、まだ小さく、頭身バランスで言うと頭が大きい、という点である。

そしてもう一つは——、

「あっ！」

お湯の温度を確かめて前脚を伸ばしていた寿々は、近くに来たアヒルのおもちゃに気を取られ、それを取ろうとしたのか精一杯手を伸ばしたところで、バランスを崩し、湯船に落ちた。

そう、もう一つは、寿々のどんくささである。

湯船に落ちた寿々を秀尚は即座に抱き上げてやる。

寿々は何が起きたのか分かっていない様子だったが、視界に入ったアヒルを前脚を必死で伸ばして取ろうとする。

もちろん全然遠いので、まったく届いてはいないのだが。

それに気づいたのは、やはり萌黄だ。アヒルを掴むと、寿々の側に持っていく。

「はい、すーちゃん」

萌黄が渡すと、寿々は両方の前脚でしっかりアヒルを掴んだ。

寿々の世話は、子供たちが全員でしているが、それでも中心は萌黄で、少し寿々が成長して前よりもできることは増えた――一応、ご飯は一人で食べられるようになった。下手くそだが――とはいえ、まだまだ萌黄は寿々の世話を積極的にしている。

寿々も、萌黄が側にいるのがもはや普通らしく、萌黄と一緒にいることが多い様子だ。

もちろん、これから寿々がもっと成長していけば、それも変わっていくかもしれないが。

寿々は沈まないように秀尚に胴《どう》のあたりを掴んで浮かせてもらって、両前脚でアヒルを持っているが、狐の脚ではうまく持てなくて、たびたび逃げられている。

そのうち、それに焦れたのか、また寿々の周囲にキラキラが現れてあっという間に変化《へんげ》した。そしてしっかりとアヒルを掴むと、自慢げに沈めたり、浮かべたりして遊び始める。

「すーちゃん、きのうは、やかたにもどっても、いちじかんくらい、このままでした」

萌黄が報告してくれる。

「そっか。ちょっとずつ、長い時間変化してられるようになったんだな」

秀尚が言うと萌黄は嬉しそうに頷いてから、

「かのさん、すーちゃんと、みんなのいるところにいってもいいですか?」

聞いてくる。

「ああ」

秀尚が言うと、萌黄は立ち上がった。

浅い浴槽は子供たちが正座して座って肩まで浸かる程度の深さで、立ち上がると腰から下までくらいになる。

「すーちゃん、あっちいきましょう」

萌黄が手を差し出すと、寿々は笑って片方の手で萌黄の手を掴み、もう片方の手でしっかりアヒルを持って、一緒に浅葱たちのいるほうへと向かう。

一人になった秀尚はとりあえず足を伸ばして座り直し、ゆっくりと浸かる。

陽炎は大人稲荷たちのいる深い浴槽で喋っていて、濱旭と夏藤は秀尚と同じ浴槽の向かい側で隣同士に座り、子供たちを見ながら、共通の話題に花を咲かせている。

濱旭と話している夏藤はいつもより表情が柔らかい気がした。

——なんか、いい傾向かも。

秀尚はそう思いながら、この日の一回目のお風呂タイムを、いつもよりもゆったりとした気持ちで過ごした。

風呂から上がると、いつもどおり、外に出ての夕涼みタイムである。

陽炎は剛秀と話があるらしく、まだ銭湯にいるので、外に出てきたのは秀尚と、濱旭、夏藤、そして子供たちだ。

「なつふじさま、むこうに、はしがあったよ」

「いったらだめですか？」

夕涼みに周囲の探索も兼ねていた子供たちは、昨日、橋があることに気づいたらしい。

しかし夕涼みタイムが終わりのほうだったので、明日、行ってみようということに決めていた様子だ。

「橋ですか？」

問う夏藤に、子供たちは上流を指さす。

すると、小さな橋が架《か》かっているのが見えた。

子供の足で二、三分のところだろうか。

「はしのうえから、かわをみてみたい」

「すぐにもどるから」

子供たちがおねだりするのに、

「俺がついていくよ」

濱旭が名乗りを上げる。

「いえ、私が……」

夏藤は濱旭に行かせるわけには、といった様子を見せるが、

「久しぶりにみんなと会ったから。夏藤殿と大将は待ってて」

濱旭はそう言うと、子供たちに「行くぞー」と声をかけ、心もとない足取りの寿々の手を掴んで歩いていく。

それを見送ってから、

「座りましょっか」

秀尚は川沿いのベンチを指さし、夏藤と座った。

子供たちの声が遠ざかり、少しした頃、

「濱旭殿は、いい方ですね」

夏藤が言った。

「そうですね。っていうか、俺が知ってるお稲荷様はみんないい人ばっかりですよ」

秀尚は言ってから、

「まあ、陽炎さんには巻き込まれることも多いんですけど、時々すごく神様っぽいって思うところもありますし」

付け足して笑う。

「神様っぽい、ですか」

「はい。あー、正確には、皆さんはお稲荷様じゃなくって、神使って呼ばれるんだってこ

とは知ってるんですけど、俺は小さい頃から狐の神様がお稲荷様だって認識してたんで、今も皆さんをお稲荷様って言っちゃうんです。でも、やっぱり俺たちが持ってないようなすごい力を持ってるから、神様って認識でいいのかなーって勝手に結論づけてます」

秀尚が言うと、夏藤はぽつり、

「すごい力……」

と呟いた。

「すごいと思いますよ。店の扉と異空間繋いじゃったり、なんか地面に模様が浮かび出てそこから行き来できちゃったりとか」

「でも、できないことも多いんですよ。力を持たされていても、使えない場面も多くて……ならば自分の持つこの力は、いったい何のためのものなのか……無力を覚えることも多いです。使えない力は、ないのと同じこと」

夏藤は川面《かわも》を見つめながら、抑揚《よくよう》のない声で言った。

「でも、ないよりあったほうがよくないですか？」

秀尚が言うと、夏藤ははっとした顔をした。

「すみません、つまらないことを言いました」

「え？　いえ、全然。お稲荷さんでも悩むことがあるっていうのは、毎晩、居酒屋で皆さんがいろいろ愚痴って……お話ししてるの聞いてると分かるんで」

「皆さんが愚痴を？」

夏藤が少し驚いたような顔をした。

「言いますよー。濱旭さんは『聞いてよ、大将！』って来る時もありますし、時雨さんも『ちょっと、秀ちゃん聞いてよ！　うちの女子たちが信じらんないのよ』って」

二人の声音を真似て言うと、夏藤は似てますね、と少し笑う。

今日は、濱旭と話して少し気分が変わったのか、いつもよりよく笑っている気がした。

多分さっき、ぽつりと話したのも、濱旭効果と言えるのかもしれない。

その濱旭は、しばらくしてから子供たちを連れて戻ってきた。

「なつふじさま、はしのうえから、おおきなゆうひがみえたよ！」

「こーんななの。あした、いっしょにいこ！」

殊尋と実藤が一目散に走ってきて、身振り手振りで大きさを示しながら夏藤に言う。

「そうですね、明日」

「「うん！」」

約束を取りつけた二人が満足そうに笑うのを、夏藤は優しい目をして見つめる。

「じゃあ、そろそろ帰りましょうか」

そう言って夏藤は立ち上がった。子供たちは、その声に銭湯へと戻っていく。

「夏藤殿、夜に大将のところで居酒屋みたいのしてるっていうのは、聞いてるでしょ？　今日飲みにおいでよー」

子供たちに続いて銭湯に向かいながら濱旭が軽い口調で誘った。

濱旭のナチュラルに懐っこい様子にガードが緩くなったのか、それとも以前にも陽炎に誘われて断っているので悪いと思ったのかは分からないが、

「遅くなるかもしれませんが……」

そう言って、居酒屋に行くことを承諾した。

そして、その夜、夏藤は八時過ぎくらいに居酒屋にやってきた。

この日、居酒屋はいつもの常連に加え、暁闇と、双子の弟の宵星も来ていて、配膳台の折り畳み部分を開いて使っても満員御礼だった。

「おお、夏藤殿が来たか」

陽炎がウェルカムモードで迎え入れる。

「夏藤殿、何を飲む？　ビール、日本酒、ウィスキー、ワイン……が今のところ選べるけど」

冬雪が説明する間に、濱旭と時雨は、二人の間に席を作った。

「夏藤殿、ここにいらっしゃいよ」

時雨が手招きする。

夏藤は初めての場に戸惑いながらも、手招きされるまま、準備された席に腰を下ろした。

「何飲む？　俺、次またビール飲むけど」

濱旭が言うのに、では私もビールを、と夏藤が言い、陽炎がビールを取り出しに冷蔵庫に向かい、景仙が棚から新しいグラスを出して夏藤の前に置く。

慣れた連係プレイである。

「子供たちはもう寝たのか？」

陽炎が夏藤と濱旭のグラスにビールを注ぎながら問う。

「寝かしつけは、薄緋殿がしてくださいますので」

「アタシ、薄緋殿の代わりに寝かしつけやったことあるけど、一緒に寝落ちしちゃったのよね」

時雨が失敗談を口にすると、

「それは寝かしつけあるあるだろう」

どうやら寝落ちしたことのあるらしい陽炎が言い、冬雪も頷いた。

ビールが注がれると、濱旭がグラスを持ち、

「じゃあ、夏藤殿の初参加に乾杯」

音頭《おんど》を取った。それにみんな手元のグラスを手に、乾杯と続ける。

「えーっと、みんな夏藤殿とは会ってるんだっけ？」

一口飲んでから濱旭が問うのに、

「アタシは裸のお付き合い終了ずみよ」

時雨がわざとシナを作って言う。

「時雨殿、どうしてそういう、いかがわしい言い方するのかな。みんな一緒に銭湯に行ってるよね？」

冬雪が確認すると、宵星が手を挙げた。

「俺は今日初めてだ。宵星という。暁闇とは双子だ」

「はじめまして、夏藤と申します」

自己紹介が終わると、そのまま緩やかな流れで夏藤も、濱旭にリードされつつ会話に参加して、いい感じの居酒屋タイムになった。

話題は、やはり銭湯での話なのだが、その中陽炎が思い出したように秀尚に声をかけた。

「そういえば、加ノ原殿。今日、風呂の後剛秀殿と少し話していたんだが」

秀尚たちが夕涼みに出ている間、陽炎はずっと剛秀と話していて、結局今日は夕涼みに出てこなかったのを思い出す。

「弁当の注文数があんまり多いようなら、弁当じゃなく、他のかたちで料理を提供したほうがいいんじゃないかって話も出てな」

「他のかたちって？」

「銭湯の外に、ちょっとした屋台みたいなのを作ってだな……」

陽炎の言葉に秀尚の脳裏に鮮やかに蘇《よみがえ》ったのは、以前、あわいの地で行われた祭りである。

「……また、祭りみたいな感じですか？」

秀尚の顔に明らかな困惑が混ざる。

確かあの時は作りきりの料理を並べて、子供たちに『祭り』っぽい雰囲気を楽しんでもらう、というだけの話だったはずなのだ。

それが気がつけば、本宮の稲荷たちも夜店を出店しての、現地調理ありの大がかりな祭りになっていた。

「いやいや、今度はもっと小規模でだな……本当に作りきりでいいんだ。いちいち弁当箱に詰めるのも手間だろう？　それなら品数をちょっと減らして、その分一品の量を増やして、大皿でババーンって感じでだな」

その提案に秀尚は少し考える。

料理を作ること自体は変わらない。手間で言えば大皿で提供するほうが楽ではある。

しかしここであっさり頷くと、過去の経験から「うん？」な方向に向かいそうな怖さも感じる。

そのため秀尚は、

「……本当に作りきりで、数が五十人プラスアルファくらいでいいです？」

念押しするように確認した。

「そうだな。銭湯の利用上限人数は三桁ちょいだって言ってたから……まあ、なんとかなるだろう」

若干の歯切れの悪さに不穏なものを感じつつも、

「分かりました。じゃあ、大皿料理への切り替えで」

と秀尚は承諾する。

「おお、そうか。じゃあ、さっそく剛秀殿に連絡するか」

陽炎はそう言うと水晶玉を取り出し、何やら水晶玉の表面を指でなぞり始めた。それを横目で見ながら、次の料理、ナスの豚バラ巻き甘辛醤油味を出す。

「あ、これおいしい。もう一回お米食べようかなぁ……」

さっそく口に運んだ濱旭が、すでに一度別の料理で白米を食べたにもかかわらず、再度の誘惑に駆られている。

「あ、本当においしいです」

夏藤もそう言ってから、

「加ノ原殿は、本当にすごいですね……なんでもおいしく作れて」

と褒めてくれる。

「何でもかどうかは分かんないですけど、そう言ってもらえると励《はげ》みになります」

秀尚が返すと、

「今も、他の神使の方から望まれておいでですし」

銭湯での一連のことについて触れてきた。

「料理を評価してくれる人がいるのは嬉しいですけど、物珍しさもあると思うんですよね」

本宮で調理を担当している稲荷の料理を食べたことがあるが、洗練された本当においしい料理だった。

人の寿命では辿り着けない、料理を極めた、という感じのもので、それと比べれば秀尚の料理はまだまだのところも多い。

けれど、そこと比べることに意味はない。

至らないところのある秀尚の料理を、褒めてくれる人がいて、食べたいと思ってくれる人がいるということが大事なのだと思う。

「物珍しさだけではなくて……いつも本当においしいです」

夏藤が再度褒めてくれる。

「ありがとうございます。そう言ってもらえたら作りがいがあります。俺、料理しかできないから」

褒められるのは嬉しい反面、照《て》れくささもある。

「『これ』という、一つの道に進める強さですよ、それは」

夏藤は言ってから、

「私は、何の取り柄もないので、羨ましいです……」

そう呟いた。その言葉の響《ひび》きが、少し引っかかったが、

「夏藤殿は事務処理、めっちゃ丁寧で得意じゃん」

濱旭が笑って言った。そこで流れが変わるかな、と思ったのだが、

「いえ、私レベルの者は何人でもいますし、すぐに替えがきく程度のことですよ」

夏藤から戻ってきたのはネガティブな言葉だった。

「まあ、交代要員がなければそれはそれで問題になるからな」

暁闇が少しズレたことを言う。

「確かに、どんな仕事でも、三百六十五日、二十四時間ワンオペってのはキツいな」

陽炎が頷きながら言い、そのまま少し話題が緩くズレたのだが、その後も夏藤は、口を開くと高確率で「私には難しくて」だの「至らないことだらけで」だのといった内容のことを言った。

日本には謙遜を美徳とする風潮があるとはいえ、それが過ぎれば卑屈に感じさせるものだ。

だが、夏藤は自分がどれだけネガティブな言葉を口にしているか意識すらしていない様

子だった。

そのうち、意外と短気な時雨が夏藤を見て、口を開きかけた時、

「ちょっと話戻るんですけどいいです？」

秀尚が先に言った。

「おう？　どうした」

陽炎が聞いてくる。

「お弁当と、大皿料理だと、作るものの種類が微妙に変わっちゃうっていうか、変えたほうがいいと思うんですよ。なんで何がいいかなと思って、ちょっと相談乗ってもらえたら嬉しいんですけど」

秀尚が言うと、真っ先に手を挙げたのは濱旭だ。

「俺、油淋鶏食べたい！」

「あー、それなら鶏南蛮の好きなお稲荷さんにも受けそうです。いただきます」

秀尚はメモ帳に油淋鶏と書き入れる。

「じゃアタシも鶏繋がりで、鶏のトマトソース煮込みがいいわ」

時雨も手を挙げて言う。

「俺はこの前食べた竜田揚《たつたあ》げがまた食べたい。レモンが添えてあった……」

そうリクエストしてくるのは宵星だ。

「レモン…ああ、鯖《さば》の竜田揚げだ。鶏、魚ときたら、豚、牛の肉で何か……」

秀尚は一応出た料理を全部メモする。

「野菜も必要ではないですか？　何かサラダ系を」

景仙が提案してくれる。

「あー、サラダいいですね」

「アボカドと生ハムのカプレーゼ、それからアヒージョも入れたいところだな」

暁闇が微妙に空気を読んだか読まないかのラインで食べたいものを挙げる。

「おお、それは赤ワインに合うな。だったら、日本酒に合うのを何か……」

陽炎が言うのに、

「なめろう、あれ好きなんだよね」

冬雪が即座に続けた。

そして出てくる料理はそこから加速度的に『酒に合う料理』が増えていき、

「なんかもう、完全にお酒を飲むための料理になってんですけど？」

秀尚はメモした料理を見ながら首を傾げる。

「風呂上がりにビールを飲みながらうまいものを食う。ピッタリじゃないか？」

陽炎が言うのに、常連たちはみんな頷く。

「じゃあもう、ビアガーデン的なイメージで考えたほうがいいですね。……酒は各自持ち込みにしてもらって」

　秀尚が言うと、

「最高だな！」

　陽炎が喜ぶのに、他の稲荷たちも同意らしく、やはり頷いた。

　その結果、ビール、日本酒、焼酎、ワイン、ウィスキーと、居酒屋でみんなが飲んでいるものに合う料理を作ることになった。

　もちろん、最初に言っていた「お弁当」も多少頭の隅に入れておくことにして、ご飯ものも作るつもりだ。

　その後は、銭湯ビアガーデン妄想が繰り広げられるうちに居酒屋のお開きの時間がやってきた。

「この後、もう一回みんなで銭湯に行くけど、夏藤殿はどう？」

　濱旭が夏藤を誘った。しかし、

「ありがとうございます。でも、館のお風呂で軽く汗だけ流して寝ます」

　夏藤はそう言って館に帰っていった。それを見送り、今日来ていた全員で再び銭湯に向かった。

　剛秀は、陽炎からの連絡で大皿料理を受け入れたことを知っていたので、顔を見るなり礼を言ってきた。その剛秀に、

「なんとその後、話がいろいろ弾《はず》んで、ビアガーデン風にすることになったぞ」

陽炎がなぜか自慢げに言う。

「ビアガーデンか！　そりゃいいな」

「酒類は各自持ち込みになるが、それに合う料理をいろいろ作ってくれる予定だ」

「そりゃそうだろう。呑兵衛《のんべえ》が多いからな、自分の飲む分は持ってこさせねえと。いやあ、楽しみだ。……ってことは日程を決めねえとな」

剛秀の言葉に秀尚は「あ…」という顔をした。

「……日程のこと、すっかり忘れてました。どうしようかな、店が始まると難しいから、休みの間で……」

ビアガーデン風、とはいえ、催《もよお》し的になるのであれば、当日飛び込みで来る客もいるだろう。もちろん、稲荷湯に来る客は上限が決まっているらしいので、ある程度は読むことができるだろうから、そのあたりも含めた大体の人数を出してもらい、それらに対する仕込みや、その後の加ノ屋再開の日程なども考えて、慌ただしいが四日後に開催することが決まった。

「前日一日使って最終的な買い出しと仕込みするんで、その前の日に来そうな人数を概算でいいんでお願いします」

「ああ、分かった。いやぁ、楽しみだな」

若干大がかりになったなと思わないでもないが、ニコニコしている剛秀を見ていると、まあいいか、と思える。

一通り話がまとまる頃には、陽炎と秀尚以外はもう風呂場に移っていて、遅れて秀尚たちが入りに行くと、常連たちは中くらいの湯船に集合していた。

「おじゃましまーす」

秀尚が入っていくと、時雨が景仙との間に隙間を空けてくれ、そこに収まる。

「あー……ほんと、極楽…」

秀尚が言うと、

「ほんと、銭湯っていいわよねぇ……。家風呂もいつでも入れるし、いいんだけど温まり方が全然違うのよね、まあ、ここが特別なお湯だってのもあるんだけど」

時雨は同意した後、

「そうだわ、さっきは、ありがとね」

不意に礼を言ってきた。

「え？　何がですか？」

すぐには思い当たらなくて問うと、

「居酒屋で、夏藤殿の、デモデモダッテみたいな感じのネガティブ発言に、アタシ切れかかったじゃない？　秀ちゃんが料理のリクエスト取ってくれたから、空気変わったけど、あんまり自分サゲな発言聞くのも、ちょっとね」

時雨は自分への自戒《じかい》も込めつつ言うが、他の常連たちも思うところはあるのか頷いた。

「まあ、なんていうか……本当に自信をなくしちゃってる時とかは、なんで生まれてきたんだろうとか、何のためにここにいるんだろうとか、そんなことを考えちゃうことは珍しくないと思うし、そこからとことんまで落ちちゃう人も、そんなに珍しくないと思うんですよね」

秀尚はそこまで言って一度言葉を切ってから、

「お稲荷さんがそこまで落ち込むってことが、珍しいのか珍しくないのかは分かんないけど……夏藤さんは、多分そこまで行っちゃったんじゃないかなって思うから」

今日、川面を見つめていた夏藤の様子を思い出しながら言う。

その言葉の後、それぞれに思うところがあるのか、いくばくかの沈黙があった。そして、

「言葉には力が宿る」

暁闇が言った。

「言霊《ことだま》という言葉を知っているだろう？」

「聞いたことはあります。だから、あんまり汚い言葉は使うなって、ひいおばあちゃんにも、じいちゃんやばあちゃんにも言われました」

それは単純に躾《しつけ》のためとも言えるかもしれないが、暁闇は頷いた。

「人に向けた言葉だろうと何だろうと、自分が音として発した言葉、頭の中で発した言葉、そのすべてを聞くのは自分だ。大半の言葉は、さして問題にはならんが、繰り返してしまう言葉には念が宿る。そして、それは聞く者を縛《しば》る」

「つまるところ、自分自身に呪《のろ》いをかけていることになる」

暁闇の言葉を引き継いで宵星が言った。

「あ…、だから時雨さんが止めようと？」

秀尚はそう言って時雨を見ると、時雨は、

「それもないわけじゃないけど、やっぱり、いい気分しないじゃない？　お酒はハッピーに飲みたいのよ」

そう言って笑った。

「確かに、酒はうまく飲みたいな」

陽炎が言うと全員が同意して頷く。

——久しぶりに真面目な話かと思ったのに……。

そのままいつもの軽い流れになるのかなと秀尚は思ったのだが、

「しかし……危険だな」

宵星が呟いた。

「危険って？　夏藤さんが、ですよね？」

秀尚が問い返すと宵星は頷いた。

「自分に呪いの言葉を毎日聞かせているようなものだ。気脈も閉じているし、自分という器の中で蠱毒《こどく》を作るようなものだぞ」

「コドク？　独りぼっち的な意味のじゃないですよね？」

知らない言葉が混じっていて、秀尚は問う。それに陽炎が口を開いた。

「蠱毒ってのは、呪術の一つだ。壺の中に毒を持つ生き物を集めて閉じ込める。それで殺し合いをさせるんだ。生き残った最後の一匹は、壺の中にいたすべてのものの念を受け止めた強い呪いとなる」

「うわ、それ、なんてバトルロワイヤル？」

あまりに陰惨な呪いに、秀尚は眉根を寄せたが、

「それが夏藤さんの中で起こっちゃったら……マズいですよね、絶対」

すぐに夏藤のことが心配になった。

起こりうる事態は、秀尚よりも稲荷たちのほうが予測しやすいのか、彼らは一様に沈黙する。おそらく『マズい』どころのことではないのだろう。

その中、宵星が口を開いた。

「自分の劣等感に目を向けすぎれば、本当は些細な『欠け』でしかないのに、埋めようのないものに感じてしまう。その穴に自分から入り込んでしまって、抜け出せなくなってる

んだろう。……俺が言えた義理じゃないが」

かつての自分を重ね合わせたように言った。

双子として生まれながら暁闇と宵星はそれぞれ持った能力が違った。暁闇は一人で事をなしうる力を、宵星は人をまとめ集団で事をなす力を。どちらが優れているというわけではない。ただ、宵星が持ちたいと願った力は、暁闇の持つもので、なぜ自分にはその力がないのかと──双子であるがゆえに、悩んだ過去が宵星にはある。

だから、夏藤と自分に、どこか重なるものを感じるのだろう。

「……夏藤殿は、本人が言うみたいな、できない人なんかじゃないんだよ、ホントに……！」

唯一、かつての夏藤の仕事ぶりを知っている濱旭が言う。

実際、そうなのだろうと思う。しかし、

「だが、本人がそれを認められないんだろう。こればっかりは、外からどれだけ褒めても無理だ。足りていないという気持ちを向上心に変えられるならまだしも、心が折れてしまっている状態ではな……」

暁闇の言葉はおそらく今の夏藤の状態を正しく言い当てている。

言い当てることができるほど、みんなそれぞれ夏藤のことを気にかけて、どうすれば夏藤を今の状況から助けてやれるのか、立ち直る方向に向かえるのか考えているからこそだ。

しかし、そう簡単なものではなく、答えは出ない。

それが現状だった。

◆◇◆

翌日、子供たちの朝食を送り終えた秀尚は、昼食を作るまでの時間、部屋で銭湯ビアガーデンで出す料理を考えていた。

「鶏、魚、牛、豚、それから野菜。それぞれのメインはこんな感じで……」

昨日出た料理の名前をメモした紙を元に、メニューを決めていると、

「加ノ原殿、少しいいですか？」

廊下から常盤木の声が聞こえた。

「あ、はい。どうぞ」

返事をすると常盤木が入ってきた。

「おや、お仕事中でしたか？」

「仕事というか……稲荷湯の外で、今度ビアガーデンやろうって計画が持ち上がって、そ

の料理をどうしようかなって」

　秀尚が大雑把に説明をすると、

「おやおや、そうでしたか。加ノ原殿のお料理はとてもおいしいですからねぇ、皆さん喜ばれるでしょう」

　微笑みながら常盤木は言い、秀尚がいる布団を外したこたつ机の脇に腰を下ろす。

「そうだといいんですけどね。まあ、頑張ります」

　秀尚は言ってから、

「何か用事があるんですよね？　どうかしたんですか？」

　訪ねてきた理由を聞いた。

「ええ、夏藤殿のことなんですけれどねぇ」

「はい」

「昨日の夜、下に来ていたのは分かっていたんですよ。それでこっそり、褒められたことではないんですが術で少し様子を窺っていたんです。……どうにもいけませんねぇ。完全に殻《から》に閉じこもってしまっていて…」

　困った、という様子で常盤木が言う。

「……昨日、夏藤さんが帰っちゃってから、宵星さんが、夏藤さんは自分の言葉で蠱毒を作りそうな感じだって言ってました」

秀尚のその言葉を、常盤木は否定しなかった。

「相当ヤバいんですよね、やっぱり」

秀尚が問うと、常盤木は少し間を置いた。

「そうですねぇ……。ですが、私たちが何を言っても無理でしょう。同じ稲荷として、劣等感を煽《あお》られて、何を言っても響かないとでも言いますか……」

それはよく分かった。

だからこそ、何を言われても自己否定の言葉しか出てこないのだ。

「お稲荷さんって、やっぱ大変なんですね」

秀尚が言うと、常盤木は少し首を傾げた。

「大変に見えますか」

「いいなあって思うこともあるんですよ。陽炎さんとか見てると、ちょいちょいって術を使って簡単な怪我なら治してくれたり、ちょっと遠いところでも、なんか呪文書いて移動できたり、楽そうだなあって思うし。でも、できることが多いと、それだけ悩みも増えるし。そう考えたら、俺、料理だけに絞れてよかったです。悩む種類が減るんで」

そう言って笑うと、常盤木も微笑んで、そして聞いた。

「加ノ原殿は、料理人を辞めようと思ったことはありますか?」

それは唐突な問いだった。

「ないですね」

秀尚は即答した。

「ないんですか？」

「はい。……俺、前はホテルの厨房で働いてて、そこでいろいろあった時には、ホテルに戻りたくないなとは思いましたけど、料理をしたくないとは思わなかったし、料理人を辞めるって発想自体がなかったです」

そう言って、もう一度、過去の自分を思い返すが、料理人を辞めたいと思ったことは、一度もない。

「……ホテルでいろいろあった後、あわいに迷い込んで、萌芽の館で料理作ってた時、ずっとあそこで子供たちのために料理を作るのもいいなって思ったこともあったんですよ」

「ほう？」

秀尚の告白に、常盤木は初耳だというような顔をした。

「でも、陽炎さんに話したら、それは『現実逃避』なんじゃないのかって言われて。陽炎さんには料理を喜んでもらえてたから、そんなふうに言われるなんて思ってなくて……」

「ショックでしたか？」

「はい。……けど、陽炎さんの言ったことは間違ってなかったです。もしあの時に陽炎さんが『それもいいんじゃないか』って言ってたら、多分、俺、あわいに残ってもこっちの世界に未練《みれん》いっぱいだったと思うんですよね。……まあ、こう言えるのは、今、みんなのおかげで守ってもらえて、店を安心して続けられてるからだと思うんですけど」

そう言う秀尚に、常盤木は頷いた。

「加ノ原殿は、自分がどうしたいのか、ちゃんと分かっておいでですから、陽炎殿たちも後押しをしやすいんですよ。……夏藤殿の場合は、どうしたいのかも分かりませんからねぇ……」

常盤木もどうしていいのか分からない様子だ。

「……稲荷って、やめられるもんなんですか？」

秀尚は聞いた。

「やめる、ということは無理ですねぇ。まあ、その力を失った場合、他の神使の眷属《けんぞく》として働くことになるのかもしれませんが……力を失った時点で消滅してしまう者のほうが多いです」

「消滅って……」

衝撃的な言葉に、秀尚は聞き返した。しかし、

「『狐』としての寿命は終えているわけですから、仕方のないことです」

常盤木が言ったのは、もっともな摂理《せつり》だった。

しかし、秀尚が知っている夏藤は、自分とそう変わらぬ年齢に見えて、おそらく稲荷としてはまだまだこれからのはずだ。

それが、消滅してしまう。

そのことはにわかには受け入れがたいことだった。

言葉の出ない秀尚に、

「まあ、加ノ原殿がお悩みになることでもありませんよ。加ノ原殿は人間なのですから」

常盤木はそう言って、穏やかに笑む。

その微笑みに、どうして、と思う。

幼い頃の夏藤のことを知っているだろうに、なぜ、と思うのだ。

だがそれを問うことはできなかった。

悲しくても笑える人がいることくらい、秀尚でも知っているからだ。

常盤木は、もうどれくらい長く生きているのか分からないが、長く生きているとその分いろいろな経験をするだろう。

仕方ない、と割り切らなければならないことも多くなったはずだ。

——でも、俺はまだ無理だ。

だからと言って、どうしていいのか分からない。

秀尚は常盤木が部屋を出た後も、盛大に胸の中のモヤモヤと格闘するしかなかった。

この日の夜も、夏藤は居酒屋にやってきた。

いつの間にか濱旭は夏藤と連絡先を交換していたらしく、今日は普通に出勤した濱旭だが、携帯電話から夏藤の水晶玉に『今日もおいでよ』と誘ったらしい。

今夜も居酒屋はフルメンバーで、満員御礼である。

「肉系はまあいつも作ってる感じのを出すとして、野菜系なんですけど、迷ってて。作ってみたんで、多数決で決めていこうかと思ってるんでお願いします」

秀尚はビアガーデンで出す料理で迷っているものを常連たちに選んでもらうことにした。

「こちはアボカドと小エビのサラダで、パンに乗っけて食べてもらってもいいかなって思ってます。一応フランスパンを予定してるんですけど、今日は食パンで代用で」

一品目は賽《さい》の目《め》切りのアボカドと、ボイルした小エビ、小さめの房に切り分けたブロッコリーとゆで卵をマヨネーズとレモンで和えたサラダで、

「それからこっちが、グリーンサラダの柚子胡椒《ゆずこしょう》マヨ和えです」

アスパラ、きゅうり、キャベツ、水菜を柚子胡椒とマヨネーズで和えたのが二つ目だ。

「これは……迷うな…」

両方を口にして、陽炎が悩ましい顔をする。

「っていうか選べってほうが酷《こく》じゃないかな。どっちもって言うしかないよ」

冬雪も同意した。他の常連たちも同じくのようだ。

「夏藤さんは、どう思いますか？」

秀尚が声をかけると、夏藤は驚いた顔をしたが、

「どっちもおいしいです。……アボカドのほうはワインやビールにより合うと思いますし、水菜のほうは日本酒に合うと思うので……他のお料理とのバランスで選ぶ、くらいのことしか思いつきません」

と、言ってくれた。

「うわ……すっごい有効なアドバイスもらえちゃった。ちょっと後で予定してる料理のバランス見て、考えてみます」

秀尚が言うと、夏藤は、

「お役に立てたならよかったです。でも、どちらもおいしくて選べないのは分かりますし……。本当に加ノ原殿のお料理はおいしいので」

と、選べないと言った常連たちを庇うように言う。多分、計算でもなんでもなく、普通にフォローに気が回るのだろう。

「夏藤殿は、料理って？」

濱旭が聞いた。

「恥ずかしながら……。少しの間、人界にいたことがあるんですが、その時もコンビニですませたり、温めるだけのものに頼ったり、です。できないことが本当に多くて、情けない限りです」

夏藤はナチュラルに自分をサゲる言葉を口にした。

もはや意識すらしていないだろうというのは分かる。

それを皮切りに、褒められても、素直にそれを受け取らない、昨日と似た展開が見られた。

「殊尋ちゃんと実藤ちゃんは、夏藤殿の後追いしてるわよね。カルガモの親子みたいですごく可愛いのよ。慕われてるわねぇ」

銭湯での話になり、時雨が見て感じたことを言ったのだが、

「これまで、薄緋殿しかいらっしゃらなかったので、珍しくてかまってくれているんだと思います。いろいろ、まだ頼りないので、子供たちから教えてもらうことも多くて」

と、あからさまではないにしても、やはり自分をサゲる。

人の好意を受け取れない夏藤のその様子を、料理を作りながら感じていた秀尚の脳裏に、

——ぼくは、きっとわるいこなんです……——

不意に萌黄が言った言葉が蘇った。

あわいの地に餓鬼が出た時だ。

手を繋いでいた寿々が餓鬼にさらわれ、その後寿々は帰ってきたが赤ちゃんに戻ってしまっていた。

自分が手を離さなければと萌黄は自分を責めた。周囲のみんなが萌黄のせいではないと言っても自分で自分を許すことができなくて。

そして、餓鬼を『許すこと』ができないことも。

——ああ、萌黄に似てたんだ……。

夏藤と会った時、誰かに似ていると思ったのを思い出した。あの時は分からなかったが、そうだ、萌黄に似ているのだ。

聡くて、それゆえに傷つきやすい。

多分、もう夏藤はボロボロなのだ。

傷ついて、その傷が治る前に、また傷ついて。

つぎはぎをして、必死で自分を保って。

何とか目の前の一日を生き延びている。

そんな気がした。

「——で、注文数を間違えてしまって、薄緋殿に迷惑を。いつになったらできるようになるのか、自分でも呆れます」

ぼんやりとしている間に、萌芽の館の話になっていた。おそらくは誰かが夏藤に、萌芽の館のことを聞いたのだろう。

夏藤は苦笑いをしながら、また自分をサゲていた。

「夏藤さん、なんでそんなに自分のことを『ダメ』とか『無理』とか『できない』とか、そういうことばっか言うんですか？」

気がつけば秀尚は、そう言ってしまっていた。

あまりに単刀直入《たんとうちょくにゅう》なその言葉に夏藤は戸惑った顔をしていたが、

「どうしてと言われても、私は本当に出来が悪いので……」

そう返してきた。

「俺は、夏藤さんが自分で言ってるほど、ダメじゃないと思うんですけど。もちろん、何と比べてそう思ってんのかにもよるけど……」

秀尚の言葉に、夏藤はじっと秀尚を見たが、口をキュッと引き結んでいた。

「大将」

濱旭が、秀尚を止めるように呼ぶ。しかし、秀尚はそれを無視した。

「夏藤さんが、今いろんな意味でしんどいっぽいっていうのは、見てたら分かります。しんどい時はちゃんと休んだほうがいいよ。頑張ろうって思っても頑張れない時は絶対あるし」

「……っ…違います！　私は努力が足りてないんです！　だからこんなに出来が悪くて、

ミスばっかりして……！」

夏藤が発作的に叫ぶようにして言った。

「そんなことないよ！　俺は夏藤殿にめちゃくちゃ助けられたし……！」

濱旭が言うが、

「あれくらいのことは、誰にだってできることなんです」

濱旭の言葉を夏藤は否定した。いや、受け入れられないのだろう。

慰められるのがつらいと言った萌黄と、その姿が重なった。

「なんでそうやって『助かった』って言う濱旭さんのことまで否定するんですか？」

秀尚は夏藤の感情に引きずられることなく、冷静に言った。夏藤が秀尚を凝視する。

「ある意味で、すごく傲慢《ごうまん》に見える」

そう続けた秀尚に、

「あなたに何が分かるんですか！　おいしい料理が作れて、それで評価されて、こうやっていろんな人に必要とされて！　私なんか、いくらだって替えのきく存在でしかない！」

夏藤はイスを倒すようにして立ち上がり、叫ぶ。

それを秀尚は真っ向から受け止めた。

「夏藤さんの気持ちなんて、分かるわけないじゃん。俺、ただの人間だし。稲荷の人が実際にどんだけしんどいのかなんて、そんなの想像もつかないし、分かる必要もないと思ってる。分かったところで、俺にどうにかできることなんてないんだろうし。でもさ、もう夏藤さんがぎりぎり限界で、壊れる寸前っぽいのは分かるよ」

「大将！」

「そんな状態でも、子供たちに縋られたら手を振りほどけないし、頑張ろうとしちゃうのは、多分、夏藤さんがいろんなこと諦められないからでしょ？　できるはずって、頑張ったら何とかなるかもしれないって。だから自分を卑下《ひげ》して奮起《ふんき》させようとしてる。でも、実際無理じゃん。もう完全に燃料切れでカッスカスで、ボロボロになってんだから。自分を責めて奮起できるようなレベル超えちゃったんだから……今の夏藤さんは、俺にはどん詰まりっぽく見える」

「大将、さすがに言いすぎだよ！」

濱旭が怒気をはらんだ声で言う。

夏藤は秀尚に何か言い返そうとして、口を開きかけたが、おそらく言葉が見つからなかったのだろう。

唇を噛みしめ、目から涙を溢れさせたかと思うと、厨房から出ていった。

「夏藤殿！　……大将、もう！」

濱旭は怒って、夏藤の後を追う。店の扉が二回、開閉する音が聞こえた後、店の中には静寂《せいじゃく》が戻った。

「……加ノ原殿、いくら何でも荒療治がすぎるだろう…」

盛大なため息をついて陽炎が言った。

秀尚は一つ大きな深呼吸をして、

「だって、稲荷の皆さんに言わせるわけにはいかないじゃないですか。稲荷って同じ立場の人から言われたら、夏藤さんは、多分ダメなんだと思う」

そこまで言って、一度言葉を切った。

「俺は、普通の人間だから……多少、言っちゃっても『何も分かってない人間が言ったこと』ですむんですよ。実際、皆さんの世界のルールとか、そういうの分かってないし。分かってないから言えることとっていうか」

「……まさか、そこまで分かってて言ったのかい？」

冬雪が驚いた顔をした。

「分かってたっていうか…、昼にちょっと常盤木さんと話して、夏藤さんが、俺が思ってた以上に相当ヤバいんだってことが分かったんですよね。このままダメになっちゃったら夏藤さんが消滅しちゃうかもしれないみたいで。はっきりそうなるって、常盤木さんが言ったわけじゃないんだけど、総合的に考えたらその可能性が高そうっていうか。だから何とかなんないのかなーって考えてたってのはあるんですけど……」

「それでってこと？」

時雨が首を傾げる。

「いや、考えてはいたんですけど、結局、どうしていいか分かんなかったんですよね。ただ、夏藤さんと初めて会った時に誰かと似てるって思ったんですよ。それが、萌黄と似てんだって、さっき分かって」

「萌黄ちゃんと？　まあ、センシティブ派の筆頭《ひっとう》って感じがするところは似てると思うけど」

「それもあるんですけど、すーちゃんが、結に襲われた後、萌黄はずっと自分のこと責めてて……浅葱とかが慰めてくれるのは、嬉しかったけど余計につらかったって、後になって言ってて。そんなこととか、萌黄とダブって見えて。……萌黄は子供だから、感情のままに泣いて吐き出せたけど、大人になったら泣くってことも、そうできないじゃないですか。我慢して、我慢して、心が折れる、みたいな」

「……それは、確かにあるな」

宵星が言った。過去の自分と重ね合わせているのだろう。

「そのまんま、全部諦めて、崩れ落ちるくらいなら、もう本当に無理だったと思うんです。でも。キレるだけの力が残ってただけ、夏藤さんはまだ大丈夫……だったと思いたいです。ほんとに、ちょっと……マジで言いすぎたって思ってるし、やっちゃった感しかないっていうか」

ここにきて、自分が言ってしまった言葉が招く最悪の事態への恐怖の感情が追いついてきた。

「……取り返しのつかないことになったらどうしようって、今になって怖い……」

ぎゅっと握った秀尚の拳が震えて止まらなくなる。

言うべきではなかった言葉もある。

むしろ全部、言うべきではなかったのかもしれない。

稲荷の世界のことだ。

自分は傍観者でいればよかったのかもしれない。

――でも、できなかった。

自分を責めて、責めて、泣いた萌黄の姿が、どうしても夏藤に重なって。

「大丈夫だろう。濱旭殿が追いかけていったんだ。うまくフォローしてるだろう」

そう言う陽炎の言葉に、暁闇が頷き、

「夏藤殿は、どうやら萌芽の館の自分の部屋に、天岩戸《あまのいわと》中らしいぞ。その部屋の前で濱旭殿が声をかけてる」

まるで見てきたようなことを言う。

「おい…さらりとデバガメ報告をしないでくれ」

呟く陽炎に、

「だが、気になるだろう？」

暁闇は悪びれもせずに言う。

どうやら、何らかの術を使って様子を窺っているらしい。

「まあ、あわいに戻ったんなら、大丈夫じゃないかな」

暁闇の報告に冬雪が言う。

「何で大丈夫って言えるんですか？」

根拠もなく、秀尚を安心させるためかもしれないと思ったのだが、

「あわいは不安定だけど、子供たちを『育《はぐ》むための土地』として作られたからね。その『気』が強いんだ。畑の作物の成長度合いも普通じゃないだろう？」

そう説明した。

あわいの地の異常なほどの作物の成長の速さは、そのせいだったのかと秀尚は初めて知った。

「だから、思いつめてそのまま消滅、なんてことは起きないと思うよ。あの場所の『気』がそれを阻《はば》むだろうし、薄緋殿が見過ごすはずがないしね」

冬雪の言葉に、秀尚は「だったらいいけど……」と言ったものの、不安はどうしてもつきまとった。

「大丈夫だ。常盤木殿と話したのなら、常盤木殿も、ある程度は何が起こるか予見してい

る」

宵星が言うのに、秀尚は眉根を寄せた。

「……もしかして、全部織り込みずみっていうか、手のひらの上で踊らされた系？」

「その可能性もないとは言えんな」

あっさり陽炎に返されて、秀尚はうなだれるしかなかった。

八

翌日の銭湯の時間、秀尚の部屋にやってきたのは陽炎と宵星だけだった。

「……子供たちは？」

「あわいから直接銭湯へ飛ぶと言っていた」

「じゃあ、陽炎さんと宵星さん、二人で行ってきてください」

昨日の今日で夏藤と顔を合わせるのはさすがにつらいし、だから夏藤もあわいから直接銭湯へ向かうと言ったのだろうと思った。

だが陽炎が、

「子供たちの引率は、今日は薄緋殿だ。ほら、行くぞ」

そう言って、座っている秀尚の腕を掴んで立たせる。

薄緋も、昨日何があったかは聞いているだろうし、薄緋とも顔を合わせづらいのだが、そこまで逃げるのも無責任だろうと、秀尚は稲荷湯へと向かった。

脱衣所に入ると、すでに子供たちは来ていて、冷蔵庫の前で会議中だった。

「あ、かのさん！」

秀尚が来たのに気づいた浅葱が近づいてくる。

「きょうはね、うすあけさまといっしょだよ」

そう報告してくる。

「なつふじさまは、あたまがいたいんだって」

「だからきょうはおやすみなんです」

豊峯と萌黄が心配そうに言う。そして冷蔵庫前にいた実藤が、

「だからおみやげに、ふるーつぎゅーにゅーかってかえるんだー」

と言えば、殊尋が、

「おみやげじゃなくて、おみまいだよ」

と訂正する。

もともと優しい子供たちだが、夏藤が彼らを大事にしているからこそなんだろうなと秀尚は思う。

「さ、そろそろお風呂の準備をなさい」

休憩用に置いてある椅子に座していた薄緋が、子供たちに声をかける。

それに子供たちは冷蔵庫前を離れ、各自のロッカーに向かい、風呂に入る準備を始めた。

「薄緋さんは、入らないんですか？」

秀尚が問うと、薄緋は頷いた。

「ええ。三人いれば十分でしょう？　他の稲荷の方も手伝ってくださっていると聞いていますし、私はここで待たせていただきます」

「そうですか」

そう言った後、秀尚は持ってきた自分の荷物をロッカーに置きに行き、服を脱ぎかけて手を止め、薄緋の元に戻った。

秀尚の背後では陽炎と宵星が子供たちを連れて風呂場へと向かう気配がしていた。

彼らが風呂場に入ったところで、秀尚は口を開いた。

「夏藤さん……どうしてますか？　俺、昨日、言いすぎちゃって」

「大丈夫ですよ。……夏藤殿とて、半分は分かっていたことだと思います。ただ、向き合う最後の一押しがなかっただけのこと。……その一押しは、誰がやってもいいというわけではなく……私は見守ることしかできませんでしたから。加ノ原殿には、つらい思いをさせましたね」

静かな声で薄緋は言う。それに秀尚は頭を横に振った。

「いえ……一番つらいのは、夏藤さんだと思います。俺は、自分が夏藤さんを助けられるとか、そんなことは思ってないんですけど……子供たちはみんな夏藤さんを慕ってるし、喋っててもいい人なんだろうなってことは分かったから…。なのに、なんであんなに自分のこと責めてんのかなって。……そしたら、一昨日、稲荷として力を持ってても、使えないことも多い、いったい何のためのものかって。使えない力はないのと一緒だって、そんなふうなこと言ってて、その時の夏藤さんを見てたら、なんていうか、一回、もう本当に絶望ってとこまでいっちゃったんだなって気がしたんです」

川面を見つめていた夏藤の目には、何も映っていなかったのかもしれない。

昏《くら》い目だった。

「夏藤さんは、きっと『できちゃう人』だったんだと思うんです。だから、絶望しちゃうようなとこまで行って、それでもできちゃう人だから頑張ろうとして…、頑張れないくらいボロボロなのに頑張ろうとしてるみたいで。無理な時だってあるって、何もできない時だってあるって、ホントはそういうことを言いたかったんだけど、なんか何言ったかもう覚えてないくらい、ふっ飛んじゃって」

今になっても、自分の気持ちをまとめられない秀尚に、

「大丈夫、夏藤殿は、ちゃんと理解していると思いますよ。……自分たちの半分も生きてはいない『人の子』にそこまで言わせてしまった、ということも含めて、今はゆっくりと考えていると思います。結局『答え』なんてものは、自分の中にしかないものです」

薄緋は秀尚を労《いたわ》るように言った。

「だと、いいんですけど……」

秀尚がそう言った時、お風呂場のドアがからからと開く音が聞こえ、

「かのさーん、きょうは、おふろ、はいらないのー？」

浅葱が声をかけてきた。

「今、お話が終わりましたから、すぐ行かれますよ」

そう返したのは薄緋だ。

「わかったー。じゃあ、なかでまってるね」

浅葱はそう言うとお風呂の戸を閉めて戻っていった。

「さ、どうぞ行ってらっしゃい」

薄緋はそう言って秀尚を送り出した。

◆◇◆

その夜、秀尚は心の中にモヤモヤを抱えたまま、そして概算ではあるものの最終的に出たビアガーデンの料理の希望者数に、こめかみをひくつかせていた。

「いやー、口コミでしか広めてないぞ？　それなのに、盛況だなぁ」

やっちまった感を漂《ただよ》わせながら、陽炎が言う。

特に貼り紙をしたわけでもなく、実際に口コミだけだったのだが「絶対に参加する」と「時間を作って参加したい」と答えた稲荷が、百近かった。

「おかしくない？　ホントおかしくない？　弁当五十のほうがマシじゃないです？」

秀尚はまくしたてるが、陽炎は、はは、とごまかすように笑うだけだ。

「から揚げオンリーとかにしちゃおうかなぁ、もう……」

そう漏らした秀尚に、

「それはダメよ！　アタシ、トマトソース煮込み楽しみにしてるんだから！」

と時雨が言い、

「僕も、豚の角煮、楽しみにしてるんだけどね」

冬雪も続ける。

「そう言うなら、手伝ってくださいよ、明日の仕込み」

恨みがましい目で言う秀尚に、

「及ばずながら頑張るよ。ね、陽炎殿、景仙殿！」

冬雪が笑顔で言う。

陽炎は仕方がないにしても、景仙もあっさり巻き添えを食らっていた。

「俺は間に合えば手伝おう」

一応前向きに手伝う意思を見せる宵星に対し、

「味見くらいなら手伝える」

暁闇はそんなふざけたことを言う。

「間に合ってます」

秀尚は即座に返した。

「君くらいのものだぞ、俺の手伝いを即座に却下するのは」

暁闇はそう言うが、

「味見と称してつまみ食いしまくって飲み始める未来が見えるから嫌なんです」

秀尚が言うと、宵星が、

「寸分たがわぬ未来予知だな」

さらりと言う。

そんな罪のない軽口を叩いていると、濱旭がやってきた。

いつもなら元気に入ってくる濱旭だが、今日は静かに入ってきた。秀尚も、昨日のことがあるので気まずかったが、黙っているわけにもいかないのは分かっていたので、

「濱旭さん、昨日は、すみませんでした」

深く頭を下げて、謝る。

「濱旭さんが止めようとしてくれてたのに、無視して、明らかに、言いすぎました」

それに濱旭は戸惑うような間を置いてから、

「大将、頭、上げてよ」

戸惑いが混ざったままの声で言った。

それに秀尚は頭を上げる。

濱旭は複雑そうな顔をしていたが、

「大将が意味もなく、そん時の勢いだけであんなこと言うとは思ってないから……」

そう言ってから一度言葉を切り、少し間を置いてから続けた。

「夏藤殿のことは、俺たちじゃ触れられなかった話題ってとこもあって…。妙に、なんていうか構えてたところもあったから、大将があんまりにも不用意に突っ込んでったみたいに思えたのは確かなんだけど……うん」

それ以上は濱旭は言わなかった。

何が正解だったのかは分からない問題だ。

むしろ、正解なんかない問題なんだろうと思う。

正解のある物事のほうが、少ないのかもしれない。

こと「心」がかかわる問題は。

微妙な空気感が流れる中、時雨がグラスに残っていたビールを一気に呷《あお》った。そして、

「濱旭殿、とりあえずビールでいいんでしょ？　陽炎殿、濱旭殿とアタシにビール出して

よ」

そう言って、やや硬直していた空気を半ば強引にだが、いつもの居酒屋モードに戻した。

「まったく人使いの荒い……」

と言いながらも、陽炎もいつもどおりを装ってビールを取りに向かう。

その後は、多少のぎこちなさはあったが、それでもいつもとそう変わらない居酒屋だった。


空気が再び硬直したのは、一時間ほど過ぎた頃のことだ。

加ノ屋の店のドアが開く音が聞こえた。

だが、今日もすでに常連は全員集まっている。

他に来る人などいるはずがなかったのだが――、

「おじゃま、します」

途切れがちな小さな声でそう言って現れたのは、夏藤だった。

泣き腫《は》らしたような腫れぼったい目をして、厨房に一歩入ったところで立ち尽くしていた。

「ぁ……」

秀尚は固まる。

喉に何かが張りついたような感じがした。

——謝らなきゃ…。

秀尚は、無理につばを飲み込み、そして頭を下げた。

「昨日、は…、言いすぎました。すみません」

その秀尚に、夏藤はほんの少しの間、躊躇《ちゅうちょ》するような間を置いてから、

「いえ、加ノ原殿は悪くないです。頭を上げてください。……私が、ずっと逃げ続けてたんです、そのせいです」

かすかに声を震わせながら、返してきた。

「夏藤殿、とりあえずこっちに来て座ったらどうかな」

冬雪が促すと、濱旭と時雨がこの前と同じように間を空けて夏藤の席を作る。

夏藤は居心地の悪いような様子だったが、作られた席に腰を下ろした。

しばしの沈黙ののち、口を開いたのは暁闇だった。

「もう、落ち着いたのか」

その言葉に夏藤は戸惑いがちに頷いた。

「落ち着いた…と言えるかどうかは分かりません。でも、自分が目を背《そむ》けて逃げ続けてきたことだけは」

そう言って少しの間、黙《もく》してから、再び口を開いた。

「私は……特に秀《ひい》でた能力はなくて、取り柄らしいものと言えば真面目だということだけ

なのは、もう幼い頃から分かっていました。与えられた仕事をきちんとこなす、という誰にでもできることしかできなくて、だから、人の足を引っ張らないように自分の与えられた役割を果たすことが大事だと思って、やってきました」

みんなそれぞれ、夏藤の言葉には思うところもあるだろうが、黙っていた。口を挟まず、夏藤の言おうとしていることを、とにかく聞くために。

これまで固く口を閉ざしていた夏藤の言葉を封じないようにだ。

「濱旭殿と仕事でかかわったのは、その頃です。……自分にはできない仕事をしている皆さんのサポートに徹すること。それは、できることが限られている分、楽な仕事だったんです。それからしばらくして、私も人界の任務に就くことになって——人付き合いの難しさというか、怖さにぶち当たってしまって。……人の言葉の嘘や、裏切りには、私たちはすぐに気づいてしまう。それでも『バレなければいい嘘』や『気づかれなければ問題ない裏切り』を行使する人たちと、うわべだけでも合わせなければいけなくて。……道理に反するということを指摘してつまはじきにされてしまう人、真面目に仕事をしている人が、手を抜く人のせいで割を食ってしまったり、損をしたり……そういった理不尽を、どうにかしようと思えばどうにかできるだけの力があるのに、それを行使することが許されないのが人界任務で……」

夏藤の言葉に、濱旭と時雨は深く頷いた。

「同期で入社した同僚は、人付き合いですぐに悩んでしまう私に、いつも寄り添ってくれる人でした。優しくて、強くて……こんな人もいるんだと思えて、彼の幸せを素直に願うことができた。それなのに……」

そこまで言って、夏藤は一度言葉を切った。そして気持ちを落ち着かせるように二度、深く呼吸をしてから、続けた。

「会社の帰りに、急な雨でスリップした車に撥《は》ねられたんです。……その未来が、見えていました。だから、買い物をして帰るといった彼を止めたんです。雨が降りそうだから、明日でもいい買い物なら延ばしたらどうかって。実際、急ぎの買い物ではなかったみたいでその時は、そうしようかなって言っていて、安心してたんです。けれど——買い物に出かけたみたいで、結局事故に」

「……助言しても、導く運命のほうが強ければ、そうなっちゃうのよね」

時雨は苦い顔で呟く。もしかしたら、似た経験をしているのかもしれないと秀尚は思った。

「彼は、一ヶ月前にプロポーズして、うまくいったんだって嬉しそうに話していて。でも、事故の後遺症が残るかもしれないってことで、破談になってしまって。明るくて、いい人だったのに、どうしようもない荒《すさ》んだ眼をするようになってしまって、結局会社も入院中に退職して、いつの間にか転院してその先は、もう連絡も取れなくて。本当にいい人だったのに、平気で嘘をついて人を踏み台にするような人が、会社で何事もなく笑っていて。どうして、彼じゃなければいけなかったのか、今でも分からないし、知るすべもない。力を使うなと言われたから使わず、その結果があれで。……もう、どうしていいか分からなくなったんです。あんな結果になるなら、もっと強く止めればよかった。自分の見た未来を伝えて防げばよかったって。全部が空しくて、自分が持っている力の意味も分からなくて。人の子は私たちよりも弱くて、傷つきやすくて……だからこそ、私たちがいるんじゃないんですか？　守られるべき善《よ》き人を、守ることすらできないなんて……！」

夏藤の絶望の正体は、ここだったのかと、秀尚は思った。

使えない力は、ないのと同じだと。

いや、むしろ『使えない力』が『ある』こと自体、空しさに繋がったのかもしれないと思う。

なければ諦めもつくのに、諦めることすら許されないそれは、夏藤を強く苛《さいな》んだのだろう。

「そうなればもう任務どころではなくて、会社でミスを連発して——五年の任務で下りていたんですが、結局二年で戻されました。でも本宮に戻ってからも、切り替えができなくて……どうしていいのかも分からなくて、自分の無力さを痛感するばかりで。与えられた仕事をきちんとこなす、そんな最低限のこともできなくなって、自分は何のために存在しているのか、それも分からなくなったんです」

そこまで言うと、もう夏藤はそれ以上、言葉にならないのか、顔を伏せた。

「……人界任務はさ、ぶっちゃけ、向き、不向きがあんのよね」

時雨はそう切り出し、

「アタシ、長く下りるのは今の任務が初めてで、その前はずっとスポットで下りてたんだけど、実際は『スポットでしか下ろせない』って上の判断があったからなのよ」

それまで話したことがないだろうことを告げた。

「長期で下りる仕事って五年、十年って単位が多いじゃない？　アタシもスポットで二回下りた後、長期任務を言い渡されて下りたのよね。それを、まあ、短気を起こしてやらかしちゃって、半年足らずで戻されたわ」

「半年って……何やらかしたの、時雨殿」

濱旭が、信じられない、といった表情で言い、秀尚以外の全員が——夏藤でさえも——半笑いだ。

その様子で、相当なことだということだけは、秀尚にも分かった。

「だから、その後はずっとスポットだったのよ」

「半年で戻さなきゃならないレベルの時雨殿を、スポットででも下ろし続けた本宮の判断もどうかと思うぞ」

珍しく冷静に陽炎が突っ込む。

それに頷きたくとも、頷いたら時雨に殴られそうな気がして、他の面々は黙っていた。

「上司の意地じゃない？　『短期は損気』を覚え込ませる的な。今回はさすがにちょっとましになっただろうってことで、長期任務になったんだけど、最初は人付き合いで本気でイラついて、拳を固める回数、多かったのよ。その拳を振るうのは堪えたけど」

「忍耐は、身についたんだね」

冬雪が一応、褒める。

「その後『オネエ』って擬態を覚えて、まあ何とかかって感じね」

時雨はそう言って肩を竦めた。

「夏藤殿は『与えられた仕事をきちんとこなす』のは誰でもできるって言うけど、できない稲荷だってホントに多いよ」

濱旭が言う。

「夏藤殿は覚えてないかもしれないけど、俺、ホントに書類関係はダメで、それは今の会社でもしょっちゅう注意されるんだけど……本宮に回す書類は穴だらけで、それを全部、夏藤殿が提出前に目を通してフォローしてくれてたから、夏藤殿が担当してくれてた時は、差し戻されることが一度もなかった」

「でも、人界任務で忙しい方の書類は、ミスがあっても仕方がないんです。それを確認するのが私の仕事で……」

夏藤は頭を横に振り、やはり「できない自分」を責める。

「他の人のことを『仕方ない』って言えるんだから、自分のことも『仕方ない』って思ってあげようよ。……すべてを完璧にこなせればそれは素晴らしいことだと思うけど、できることばかりじゃないし、できる時ばかりじゃない」

冬雪が優しく声をかけるのに、

「多少やらかすくらいで、ちょうどいいもんだぞ？」

陽炎が続ける。その陽炎に、

「陽炎殿はちょっと自重して」

即座に冬雪が言い、秀尚は深く頷いた。

そうは言われても、夏藤はまだ自分の感情も考えも整理ができず、どうしていいか分からない様子だった。

その中、宵星が口を開いた。

「夢や憧れ、理想は、物事をなす原動力にもなりえるが、時として自分を締めつける鎖にもなる。……どう頑張ってもそこに至れない自分に嫌気がさすこともある。実際俺も、似たような穴に落ちたクチだ。だが、落ちた穴の中でゆっくり考える時間も必要だとは思う。穴の中で次になすべきことを考える時間が」

なりたかった自分と、実際の自分との狭間で葛藤し、子供に戻ってしまった時のことを宵星は思い出しているのだろう。

夏藤は黙しているが、何も感じていないわけではないだろう。

今はまだ、宵星の言う「穴の中」で、途方に暮れているのかもしれない。

でも、その穴の中で過ごす時間も、必要なのだ。

疲れた体を癒すために眠り、心を慰めるために休む、そんな時間が。

稲荷湯で会った疲れた稲荷の姿を秀尚は思い出す。

多分、あそこはそんな穴の中の役目を持っているのだろう。

器を満たしてくれる力があるのだと常盤木は言っていた。

――常盤木さん、もしかしたら夏藤さんのために……？

偶然かもしれない。

でも、そうだとしてもおかしくはない。

――どっちでもいっか……。

仕組まれていたことだとしても、素敵な偶然だとしても。

秀尚が知る必要のないことだ。

不愉快ではないが、少し長い沈黙の中、最初に動いたのは時雨だった。

夏藤のために出されたグラスにビールを注ぎ、

「悩みは、みんなそれぞれあるもんよ。ま、飲もう」

いなりちゃんねるの、悩み相談室のお決まりのシメ言葉を言いながら、夏藤にグラスを差し出す。

夏藤は渡されたグラスを受け取ると、それを一気に飲み干した。

繊細な見た目を裏切る男前な飲みっぷりに、

「あらやだ、いい飲みっぷりじゃなーい！　ジャンジャン飲んで！」

時雨が明るい声で言い、再びグラスを満たす。それに他のメンツもそれぞれのグラスを満たし、

「それでは、改めまして、かんぱーい！」

時雨の音頭で全員が乾杯をし、その後はいつものような居酒屋だった。

そして二時間後――。

「…ぅ…ん、ん…」

「んー……」

配膳台の上に突っ伏した状態で、完全に酔い潰れている常連たちの姿があった。

生き残っているのは、料理を作りながらだったのでいつもどおりにしか飲んでいない秀尚と、みんなと同じペースで飲んでいたにもかかわらずケロッとしている夏藤である。

ちなみに宵星は、暁闇が潰れた時にはまだ歩ける状態だったため、暁闇を連れて帰って

いった。

「夏藤さん、お酒、強いんですね……」

最後のあたりに出した漬物をポリポリ食べていた夏藤は、それを飲み込むと、

「……ですので、お酒に逃げる、ということもできなくて」

やや遠い目をして、返してきた。

秀尚は、はは、と乾いた笑いを浮かべながら、死屍累々《ししるいるい》の常連たちを見下ろす。

「夏藤さん、明日、料理の仕込みの手伝い、お願いしてもいいです？　陽炎さんたち、多分使い物にならないと思うんで……」

明日は朝から、明後日のビアガーデンの仕込みをする予定だ。

さすがに百人近い客のビアガーデンの料理を一人で作るのは骨が折れる。手伝うと言ってくれていた陽炎たちがこのありさまなので、戦力にはならないだろう。

それは夏藤も理解しているらしく、苦笑しながら頷いた。

「さて、この人たちどうしようかな……ここに放置しても問題ないと思います？」

秀尚がそう言った時、階段を下りてくる足音が聞こえた。

「おやおや、見事に潰れましたねぇ」

階段から見えた常連たちの惨状《さんじょう》に笑いながら、常盤木はつっかけを履き、厨房へとやってくる。そして、

「どこかに運びますか？」

秀尚に聞いた。

「あー、じゃあ二階の空いてる部屋にでも。目が覚めたら適当に帰ってくれると思うんで」

そう返すと、常盤木は小さな声で何やら唱えた。途端に常連たちの姿が配膳台から消える。

「一応全員、雑魚寝《ざこね》させておきました。夏ですから風邪をひくこともないでしょう」

そう言ってから、常盤木は夏藤を見た。そして、二度ほど頷いてから、

「無理は禁物ですが、もう、大丈夫そうですね」

夏藤の様子から何かを感じ取ったらしく言った。

夏藤は何も言わなかったが、今日はまっすぐに常盤木を見ていた。

「あわいの仕事をしながら、回復に努めなさい。本宮の『気』に耐えられるまでになれば、戻るよう辞令が下りるでしょう。……焦る必要はありません、夏藤殿の戻る場所は、ちゃんと空いていますよ」

その言葉に夏藤は頷いた。

常盤木は微笑むと、子供たちにしているように夏藤の頭を軽く撫で、

「さて、爺はそろそろ寝ますか」

そう言って引き揚げていった。

そして二人だけになった厨房で、

「夏藤さん、明日、朝九時集合で」

秀尚は、明日の手伝いを改めて頼んだのだった。

九

ビアガーデン:in稲荷湯の日がやってきた。

前日の仕込みでは戦力にならなかった常連たちは、名誉挽回のためか罪滅ぼしか、会場設営にはものすごく力を入れてくれた。

銭湯の隣の空き地スペースには美しく飾られた屋台。

川沿いにずらりと並べられたベンチに、簡易テーブル、日除けのテントがあるスペースもあれば日焼け上等な青空スペースもある。

「生ビールもらえるか?」

「ああ、今入れる」

声をかけた稲荷に気軽に答え、どこから調達したのか分からないが生ビールサーバーを持ち込んだ陽炎が慣れた手つきで生ビールを入れて渡す。

——酒は各自持参って言ったけど、まさかビールサーバー持ってくると思わなかったなぁ……。

参加人数は結局、今、稲荷湯に来ている稲荷全員参加の規模となり、稲荷湯の冷蔵庫は持ち込みの酒でいっぱいで、それでも足りない分はクーラーボックス、そして萌芽の館からゆきんこちゃんたちにも手伝いに来てもらった。

「この豚の角煮……絶品だな」

「鶏南蛮も最高でしたが、この油淋鶏も…」

屋台に大皿で各種盛られた料理は、それぞれ皿に好きなだけ持っていくビュッフェスタイルである。

「いやぁ、昼間っから風呂とビール、最高だな」

この日は番台の剛秀もお役御免で、楽しんでいた。

その姿を見ると、頑張ってよかったと思う秀尚だが、昨日の加ノ屋の厨房は戦争だった。

夏藤と二人で仕込むにはそもそも問題のある量で、秀尚は忘れていたが、夏藤は料理をほとんどしたことがなかった。

——そうだよ、確か人界任務の時はコンビニと、チンして終わるスタイルで対応してたって言ってたよ……。

とはいえ、応援を頼んでいた陽炎たちも、多分大差なかっただろうし、人界には料理が不得手な人たちのためのグッズがいろいろある。

秀尚は夏藤にピーラーを渡し、具材の皮剥きを任せた。

しかし、予定していた種類のすべてを作るのは難しく、作れるのは予定の三分の二程度だ。かといって、そこで終了してしまうのは数量的に足りないだろうし、何より、期待してきてくれる稲荷たちを落胆《らくたん》させたくない。

何かいい策はないかと頭を悩ませる秀尚に、

『季節的にどうかと思いますが、おでんはどうでしょうか？　おでんなら煮込むだけでいろいろな具材を楽しんでもらえますし』

夏藤がそう提案してくれ、それをそのままいただいた。

そして同じ考えで、バーベキューも準備している。

どうせ、ダラダラ飲み始めると料理が足りなくなるのは目に見えているのだ。その時には生食材を各自で焼いて持っていってもらうのである。

その食材管理もあるため、あわいのゆきんこちゃんたちは本日、フル動員されている。

それでも箱を開けるたびに笑顔を見せてくれるゆきんこちゃんたちは、本当に癒しの存在だと秀尚は思う。

「かのさん、かのさん、あひーじょ、たべてみたい」

「とよは、なまはむのはいってたさらだ、もういっかいたべたい」

当然子供たちも来ている。飲み物はジュースだが、それは稲荷湯の大人稲荷たちから貢がれた。

今も膝の上に座らせてもらったりして愛でられている。

「すーちゃ、つみえ……」

萌黄と手を繋いでやってきた寿々は、順調に器が満たされその力が定着したらしく、自在にというわけではないのだが、調子がよければ変化《へんげ》したいと思った時に変化できるようになり、変化している時間もそれなりに長くなった。

今日も変化した姿でやってきたのだが、手と足が狐のままという、昔のままの寿々クオリティーである。

「すーちゃん、つみれだけでいいのか？　玉子は？」

「たまごも…」

「萌黄はどうする？」

「ぼくは、すーちゃんといっしょで、あと、だいこんと、あつあげも」

言われたものを器に入れてやり、渡す。

「加ノ原殿、油淋鶏が売り切れました。豚の角煮も心もとなくて、それから、キノコとわかめの炊き込みご飯も、もうすぐなくなりそうです」

夏藤が屋台の料理のなくなり状況を報告してくれる。

「なつふじさま、こっちでいっしょにごはんたべないの？」

殊尋が誘う。

「もう少しお手伝いが落ち着いたら行きますから、待っていてくれますか?」

夏藤が言うと、殊尋は笑顔で頷いた。

子供たちは以前と変わらず夏藤に懐いているが、それにこたえる夏藤の笑顔は前よりも柔らかい。

胸の内で抱えていたものを、吐き出せただけでも、少し軽くなったのかもしれない。

「油淋鶏と豚の角煮は想定内だけど、炊き込みご飯も?　シメには早すぎない?」

夏藤の報告に秀尚は首を傾げる。

「早めの夕食代わりにお召し上がりになる方もいらっしゃって……」

「あー……それは想定してなかった…」

ビアガーデンの開始は午後三時からで、終了は午後八時だ。

早いと言われるかもしれないが、撤収時間の関係もあるため、開始時刻を早めたのだが、それが仇《あだ》になったらしい。

「仕方ない、シメの炭水化物は、希望があれば素麺《そうめん》でも茹でます」

作りきりで追加調理はしないつもりだったが、そういうわけにもいかなくなれば対応するしかないだろう。

「売れ行き順調ねぇ」

時雨が、死守したトマトソース煮込みと赤ワインのグラスを片手にやってくる。

ビュッフェスタイルとはいえ、常連たちは料理の取り分けを手伝いつつ、立ち飲みスタイルで参加している。

「順調すぎて、もうバーベキューの準備をしたほうがよさそうな気がしてきました……」

秀尚が言うと、

「じゃあ、火起こし始めたほうがいいわね。濱旭殿、火起こし手伝って」

時雨は濱旭に声をかけ、準備してあるバーベキューセットへと向かう。

あわいの祭りの時は竃の神様に出張してもらったが、今回は現場での調理はしないことになっていたので間に合わず、朝から炭を準備してもらったのだ。

実はおでんを茹でているのも、炭である。

「うーん、おでんの具材も追加するか……」

夏におでんはどうかと思ったのだが、日本酒組に、よく売れていた。

汁食缶に入れて準備しておいた半分調理ずみの追加具材をおでん鍋に投下していると、

「加ノ原殿、このごみ入れ、どうやって折るんだ？」

陽炎が、ガラ入れ用に古新聞で折って作ってきた入れものを手にやってきた。

「簡単ですよ」

「教えてくれ。もう在庫がない」

そう言うので教えてやることにした。

幸い折るための古新聞は、食材を包んできたりしたものがあったので、それを使う。さらに足りなければ加ノ屋に読み終えて捨てるものがあるので、それを取りに行ってもらえばいいだろう。

「まず、四つ折りにして……」

秀尚が折り始めた時、

「あ…、その記事」

折り方を陽炎と一緒に見ていた夏藤が、折りかけた新聞紙を指さした。

「え？　これ？」

夏藤がさした指の先には、車いすバスケの選手の写真があった。

日本有数の車いすバスケのプレイヤーで、イケメンなのも手伝って、メディアでちょくちょく取り上げられている選手だ。

「見せてもらっていいですか？」

夏藤が興奮と緊張がないまぜになった顔で言う。

「うん、どうぞ？」

秀尚が新聞を手渡すと、夏藤は記事に目を通し――、

「彼です……」

震える声で呟いた。

「え？」

「人界に下りていた時、事故に遭った同僚の……」

そう言った夏藤の目から涙が溢れ、もう言葉が出てこなかった。

「……友人殿は、立ち直られたようだな」

すがすがしい笑顔の写真に、陽炎が言う。夏藤は泣きながら、頷いた。

夏藤が、助けてあげたいと心から祈った相手。

おそらくは、夏藤たちでも分からない計画のもと、そうなる運命を持った人物だったのだろう。

だから、夏藤の祈りは届かなかった。

けれどその祈りは、無駄ではなかったのだと思いたい。

彼の今の幸せを、支える何かになったのだと、秀尚はそう思いたかった。

それと同時に、夏藤が抱えた無力感から少しでも救われてくれればいいなと、思う。

「じゃあ、別の新聞紙で折りましょうか」

秀尚がそう言って、別の新聞紙を手に取った時、

「「か～の～さ――――ん！」」

秀尚を呼ぶ、ここにはいないはずの双子姉妹の声が耳に届いた。

その声に顔を向けると、まさしく「リゾート！」といった感じの色違いの可愛いサンド

レスを着た十重と二十重が手を振りながら小走りにやってくるところだった。

その二人の後ろからは香耀と流苑《りゅうえん》をはじめとした女子稲荷が、やはりリゾートな出で立ちでついてくる。

「え、皆さんどうして？」

確か、帰るのは今日の夜だったはずだ。

景仙もそう言っていた。しかし、

「景《けい》ちゃんから、今日ここで加ノ原殿のお料理が食べられるって聞いて、予定を少し変更して午前出発の飛行機で戻ったんです」

香耀が説明する。

そして流苑は、

「お酒は有料なの？」

「有料でも提供してるけれど、みんな持ち込んでるよ」

「あ、そうなの？　じゃあちょっと調達してくるわ」

冬雪に持ち込みアリと聞いて、調達しに向かった。

他の女子稲荷たちは、並んでいる料理や、綺麗に飾りつけられた屋台にキャッキャし、
その姿に加ノ屋の常連たちだけではなく、稲荷湯に来ている独身男子稲荷たちも千載一遇《せんざいいちぐう》のチャンス、とばかりに色めき立つのが分かった。

――うわー…、面倒な展開待ったなしな予感…。

この後、起こりそうな騒ぎに、少し現実逃避を始めた秀尚に、

「かのさん、たまごたべたい！」

「はたえはちくわぶ」

食い気満載な十重と二十重の元気な声が届いたのだった。

おわり

本書は書き下ろしです。

SH-066

こぎつね、わらわら
稲荷神《いなりがみ》のゆけむり飯《めし》

2022年9月25日　第一刷発行

著者　松幸《まつゆき》かほ
発行者　日向晶
編集　株式会社メディアソフト
〒110-0016
東京都台東区台東4-27-5
TEL：03-5688-3510（代表）/ FAX：03-5688-3512
http://www.media-soft.biz/
発行　株式会社三交社
〒110-0016
東京都台東区台東4-20-9　大仙柴田ビル2階
TEL：03-5826-4424 / FAX：03-5826-4425
http://www.sanko-sha.com/

印刷　中央精版印刷株式会社
カバーデザイン　東海林かつこ（next door design）
題字デザイン　小柳萌加（next door design）
組版　大塚雅章（softmachine）
編集者　長塚宏子（株式会社メディアソフト）
中世智恵（株式会社メディアソフト）

ISBN 978-4-8155-3537-7